共和国故事

投资热土

——中国投资贸易洽谈会成功举办

王金锋 编写

吉林出版集团股份有限公司

图书在版编目（CIP）数据

投资热土：中国投资贸易洽谈会成功举办/王金锋编.——长春：吉林出版集团股份有限公司，2009.12

（共和国故事）

ISBN 978-7-5463-1918-6

Ⅰ．①投… Ⅱ．①王… Ⅲ．①纪实文学－中国－当代 Ⅳ．①I25

中国版本图书馆 CIP 数据核字（2009）第 237724 号

投资热土——中国投资贸易洽谈会成功举办

TOUZI RETU　ZHONGGUO TOUZI MAOYI QIATAN HUI CHENGGONG JUBAN

编写　王金锋	
责任编辑　祖航　蔡大东	
出版发行　吉林出版集团股份有限公司	
印刷　三河市嵩川印刷有限公司	
版次　2010 年 1 月第 1 版	2022 年 1 月第 9 次印刷
开本　710mm×1000mm　1/16	印张　8　字数　69 千
书号　ISBN 978-7-5463-1918-6	定价　29.80 元
社址　吉林省长春市福祉大路 5788 号	
电话　0431－81629968	
电子邮箱　tuzi8818@126.com	
版权所有　翻印必究	
如有印装质量问题，请寄本社退换	

前　言

自1949年10月1日中华人民共和国成立至今,新中国已走过了60年的风雨历程。历史是一面镜子,我们可以从多视角、多侧面对其进行解读。然而有一点是可以肯定的,那就是,半个多世纪以来,在中国共产党的领导下,中国的政治、经济、军事、外交、文化、教育、科技、社会、民生等领域,都发生了深刻的变化,中国人民站起来了,中华民族已屹立于世界民族之林。

60年是短暂的,但这60年带给中国的却是极不平凡的。60年的神州大地经历了沧桑巨变。从开国大典到60年国庆盛典,从经济战线上的三大战役到经济总量居世界第三位,从对农业、手工业、资本主义工商业的三大改造到社会主义市场经济体制的基本确立,从宜将剩勇追穷寇到建立了强大的国防军,从废除一切不平等条约到独立自主的和平外交政策,从"双百"方针到体制改革后的文化事业欣欣向荣,从扫除文盲到实施科教兴国战略建设新型国家,从翻身解放到实现小康社会,凡此种种,中国人民在每个领域无不留下发展的足迹,写就不朽的诗篇。

60年的时间在历史的长河中可谓沧海一粟。其间究竟发生了些什么,怎样发生的,过程怎样,结果如何,却非人人都清楚知道的。对此,亲身经历者或可鲜活如昨,但对后来者来说却可能只是一个概念，对某段历史的记忆影像或不存在，或是模糊的。基于此，为了让年轻人，特别是青少年永远铭记共和国这段不朽的历史，我们推出了这套《共和国故事》。

《共和国故事》虽为故事，但却与戏说无关，我们不过是想借助通俗、富于感染力的文字记录这段历史。在丛书的谋篇布局上，我们尽量选取各个时代具有代表性或深具普遍意义的若干事件加以叙述，使其能反映共和国发展的全景和脉络。为了使题目的设置不至于因大而空，我们着眼于每一重大历史事件的缘起、过程、结局、时间、地点、人物等，抓住点滴和些许小事，力求通透。

历史是复杂的，事态的发展因素也是多方面的。由于叙述者的视角、文化构成不同，对事件的认知或有不足，但这不会影响我们对整个历史事件的判断和思考，至于它能否清晰地表达出我们编辑这套书的本意，那只能交给读者去评判了。

这套丛书可谓是一部书写红色记忆的读物，它对于了解共和国的历史、中国共产党的英明领导和中国人民的伟大实践都是不可或缺的。同时，这套丛书又是一套普及性读物，既针对重点阅读人群，也适宜在全民中推广。相信它必将在我国开展的全民阅读活动中发挥大的作用，成为装备中小学图书馆、农家书屋、社区书屋、机关及企事业单位职工图书室、连队图书室等的重点选择对象。

编　者

2010 年 1 月

目录

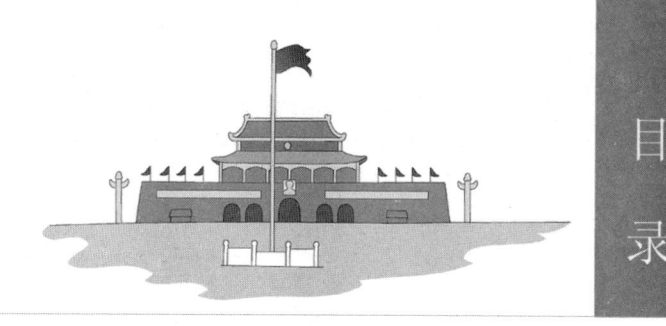

一、决策缘起
改革催生投资洽谈会雏形/002
厦门积极筹备投资洽谈会/008
顺利举行外商投资洽谈会/010
升级为省级投资洽谈会/015
设计中国投资洽谈会会标/018

二、完成升级
升级为口岸级投资洽谈会/024
完成定位及商业化运作/031
升格为国家级投资洽谈会/033
评估中国投资洽谈会价值/037
投资洽谈会成为世界投资晴雨表/041

三、辉煌之路
成功举办首届投资洽谈会/046
投资洽谈会不断增加新内涵/050
投资洽谈会跨过世纪门槛/053
走进厦门国际会展中心/062
第五届变为双向投资洽谈/068

目录

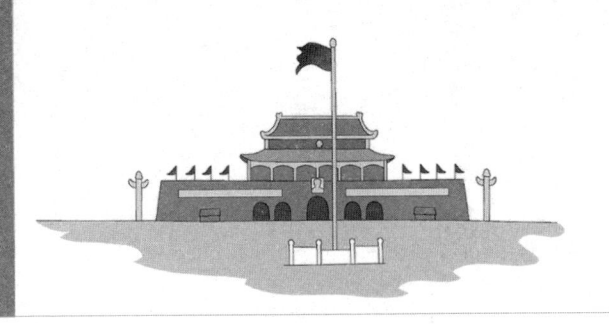

第六届最大亮点是国际性/075

第七届进行外商项目对接洽谈/086

第八届鼓励跨国直接投资/096

第九届论坛鼓励科技创新/102

隆重举行投洽会 10 年庆典/110

一、决策缘起

● 一位在福建工作多年的干部感慨地说:"憋了多少年的发展激情一下子爆发出来了!"

● 游德馨说:"虽然第一届取得的成果在今天看来可能微不足道,但这一尝试,为福建乃至中国的对外开放写下极其重要的一页。"

● 每当提起中国国际投资贸易洽谈会,人们眼前立刻浮现的往往就是这一把金光闪闪的"九八金钥匙"。

改革催生投资洽谈会雏形

1987年3月20日,福建省经贸委召开会议,根据省政府的决定,研究"闽南三角区外商投资贸易洽谈会"筹办工作。不久,省里决定,由分管外经贸工作的副省长担任组委会主任,而进行联合主办的厦门、泉州、漳州、龙岩4地市的市长、专员们为副主任。

闽南三角区外商投资贸易洽谈会也叫"三角四方"外商投洽会,是中国最早举办的、明确以招商引资为主题的投资洽谈会。它为后来的举世闻名的"九八"中国投洽会奠定了最初的基础。

促成闽南三角区外商投资贸易洽谈会的举办,并非偶然。它的诞生以及后来的壮大都与当时中国改革开放的英明政策有直接关系。

曾任福建省省长的陈明义曾经这样评价过"九八":投洽会是在改革开放的大潮中应运而生的,通过它可以了解中国经济建设的历程和成果,把握国际市场动态,加快与国际经济接轨步伐。

如他所述,这个生于1987年改革开放伟大时代,与中国经济共同成长的年轻展会,从一出生就具备了求新求变、敢闯敢争先的时代基因。

可以说,后来之所以举办闽南三角区外商投资贸易洽谈会，目的就是为了发挥厦门经济特区在对外开放中的窗口作用，让特区这颗"明珠"更耀眼。作为国内最早举办的、明确以招商引资为主题的投资洽谈会，"九八"的出现是福建的创意，又是历史的必然。

"九八"的发展历程，是福建乃至全国对外开放的缩影。"九八"诞生于海峡西岸一片生机勃勃的发展热土。

改革开放初期的福建省赢得了让国内许多省、区、市羡慕不已的特殊发展机遇。

1979年，中央决定广东、福建两省在对外经济中实行"特殊政策、灵活措施"。

1980年，厦门经济特区设立。1984年2月，邓小平视察厦门，写下"把经济特区办得更快些更好些"的题词，随后厦门经济特区扩大到全岛。同年，我国确立福州等14个首批沿海开放城市，我国整个改革开放的大幕骤然全面拉开。

在这个大背景下，地处东南沿海的福建省，表现出强烈的对外开放、加快发展的愿望。当时，福建省各界主张开放、发展经济的声音很强烈，一些与出口有关的会展也陆续开始了。

"憋了多少年的发展激情一下子爆发出来了！"一位在福建工作多年的干部感慨地说。地处东南沿海的福建省，很早就有对外开放、加快发展的强烈愿望。

1981年3月，福建省在福州首次召开工艺品出口交易会，吸引了15个国家200多个海外客商参加。1983

年，祖国大陆首家台商投资企业在厦门诞生。

在开放的热潮中，资金、项目是当时中国经济发展最重要的推动手段和要素，因而"招商引资"成为各级政府为促进经济发展所大力倡导的一个关键词。

原省政协主席游德馨曾担任投洽会前五届的组委会主任。这位投洽会开创者之一，翻看着自己当年留下的珍贵照片，回忆起"九八"的来历和前几届的情景。他说，改革开放后，福建省做了大量吸引外资的探索性工作，并一直在考虑如何扩大开放、吸引更多的外资。

回忆当年厦门招商引资的故事，厦门市原副市长、原特区管委会第一任副主任江平说，在想方设法改善硬件条件的同时，大家还在用"手工式"招商，靠散发材料、发函件、拉朋友，而又为效果不佳而发愁。

后来在海外发生的两件事情，为厦门，也为中国引进了现代招商模式，催生了厦门会展业，培育了一个全球性投资贸易洽谈会。

第一件，就是1984年11月份，国务院特区办在香港举办了一场"中国开放城市洽谈会"，厦门当场签订了不少协议，后续还引进了一批外商企业前来考察。

1985年1月，国务院批准开放珠江三角洲和闽南厦漳泉三角地区，福建全省上下都在为如何更快更好地开展吸收外资工作而努力。接着，1985年的5月份，香港汇丰银行在新加坡专门为厦门特区举办了一场"厦门投资洽谈会"，招商效果非常好。

这两次招商会,厦门都组团参加了。江平向记者回忆起这段历史时说,当年除了省内零星的会展外,厦门也多次组团去香港、新加坡等地参加招商会。

江平回忆说:

> 招商会上,我们拿着照片、拿着特殊政策的文件,向外商推荐厦门的投资环境,那时候我们就想要是能在家门口办个投洽会,让外商亲眼看看厦门的变化,那该多好!

这两件事情,对寻求开放的厦门触动很深。可以说正是受到海外招商会的启发,厦门市委、市政府启动了富山展览城的建设,这才有了后来1987年的"九八"雏形。

1985年,厦门市委、市政府决定启动富山展览城的建设。富山国际展览城是厦门人的骄傲,它从施工到建成仅用157天。

富山国际展览城的建设被誉为"厦门特区基本建设史上罕见的高速度",即"富山速度"。当时福建日报、厦门日报、厦门电视台等媒体都以"奇迹"为题报道了富山。厦门富山国际展览城也成为中国十大展览中心之一,还是中国展览馆协会理事单位。

在富山展览城建成后第二个月,也就是1985年6月26日,厦门在这里举办了第一届国际展览会。这个日子,应该说就是投洽会最初的"生日"。这也是我国第一个投资贸易洽谈会。

厦门举办的国际展览会引起了联合国工发组织的注意，并决定由联合国工发组织与福建省人民政府联合在厦门举办投资促进会。

1985年11月25日，省政府与联合国工发组织联合在厦门举办福建省投资促进会。这是联合国工发组织首次与我国省一级政府联合举办的国际性投资活动，共有26个国家和地区的银行界、工业界和商业界的200多名代表参加。可贵的是，这次会议为福建省开展招商引资工作打开了思路。

这些"大事"在当时激发了大家的许多猜想和创新灵感，20世纪80年代中期，一部分福建人才刚刚开始品尝市场经济的甜头。在闽南一带的沿海城市，鱼贯而入的华侨商人正急切地寻找久违了的市场机遇。

当年，享有"侨乡"之誉的闽南金三角处处透露着勃勃生机，厦门经济特区更是这个开放区域的核心焦点。

能不能自己举办招商引资活动，搭建一个平台，通过展示家乡的投资商机，让海外乡亲在短时间内对投资环境有个比较全面的了解。

当时的厦门人就想在家门口办个招商会，让外商亲眼看看中国的变化，看看厦门的变化。这种想法很快提上了当时省委、省政府的议事日程。敢拼善赢、勇为天下先的福建人民准备开始一次大胆的探索。

正当此时,一个机遇悄悄地来到福建人身边。1987年初,两名联合国工发组织的人来到了福建。

原省经贸委外贸处副处长林晖回忆起当年的情况时说,当时经外经贸部介绍,时任联合国工发组织亚太司司长纽曼先生与其助理沈启国先生来到福州,商谈协助福建省开展对外招商工作的问题。

纽曼先生当时提出,能否在厦门或福州搞一个较为固定的吸引外资的平台。省政府感到这一建议来得正是时候。如果先前还有所犹豫,这时的省政府已经下定决心。机不可失,失不再来,省政府决定抓住这次机遇,并当即决定进行一次投资洽谈会,并展开积极筹备工作。

投洽会原定1987年6月下旬举行,后因准备来不及,改为9月举行。

从此,一场轰轰烈烈的投洽会筹备工作走上了快速进行的轨道。

厦门积极筹备投资洽谈会

1987年,福建省开始策划设计以"招商引资"为主题的洽谈会。当时的厦门,条件还很差。

当年有人问一位外商:"你是怎么来厦门的呢?"外商开玩笑说:"我是骑马来的。"因为厦门那时的道路真是崎岖不平。

那时,省政府调来了一些人到厦门去筹备会务,并指导会展工作。因为是首届,负责在富山展览城现场布展的工作人员也没有什么经验,竟然忘记了在迎宾的主要通道上铺上红地毯。

就在会展开幕的前一天晚上,省里检查组去现场检查,发现大厅内连一块红地毯都没有,当时一位负责人非常急,就自己开车到厦门当时最好的酒店——悦华酒店借了一块地毯。

当年的红地毯,还是很新鲜又很贵重的,厦门并没有几家酒店有条件铺上。

厦门象屿集团行政中心总经理、时任福建省政府对外开放事务办公室开发处处长的祝芸后来也回忆起了这件事。她说:

我印象深的就是头一天晚上去检查开幕式,

发现怎么连一个红地毯都没有。当时我们一个老秘书长具体负责，就自己开车到悦华，把悦华的地毯卷来扔在车上就走，还保证说：这块地毯不会丢，我用完就还给你。

当时那个地毯觉得很贵重啊！悦华酒店的地毯，开幕式一结束就赶紧被卷起来了。

事实上，这届贸易会是以"粗放式"来招外商的，所谓的"粗放式"就是靠政府的侨办等相关部门，发函、写信请闽籍侨商，特别是闽南地区的华侨回乡的，而外商也大多是这些海外乡亲。

祝芸回忆，当时走过那块借来的红地毯的基本上都是港澳客商和东南亚华侨华人。这批客商为福建省发展带来了新的活力。

当时条件很差，再加上没有经验，所以投洽会举行时，连新闻发布大厅都没准备。后来开幕时，福州代表团成员一急，就在外商人流较为集中的通道上，举着"福州市推出十一块土地批租，条件优惠，洽谈在三楼42室"的流动广告牌，以吸引更多客商了解福州招商项目。

虽然当时的准备很不充分，甚至可以说很仓促。不过闽南三角区外商投资贸易会还是如期举行了。

顺利举行外商投资洽谈会

经过多方筹备，到了1987年的9月6日，厦门市主办的投资洽谈会吸引了漳州、泉州、龙岩等地参加，由四地市联合举办的"闽南地区外商投资贸易洽谈会"正式开幕了。地点就设在厦门富山国际展览城。

省内其他地市也派代表参加了，这是国内最早举办的、明确以招商引资为主题的投资洽谈会，也是今日中国国际投资贸易洽谈会的发端。作为"九八"的前身，这个仅有4个省内城市参加的小型招商会一开始就目标明确、野心勃勃。

虽说当时连发布会也没有，官员们甚至不得不举着招商广告牌，在会场通道推销项目。但这一切都不能阻止投洽会前进的步伐。

闽南三角区外商投资贸易洽谈会的隆重举行，也受到了中央的注意。开幕时，时任全国政协副主席的王光英、外经贸部副部长李岚清、全国侨办原主任林一心等北京来的领导专门出席了这次洽谈会。

外商、外宾对这次洽谈会表现出极大的热情，"直到会议临结束，还有人不远万里慕名而来"。

参加洽谈会的客商有来自美国、日本、英国、澳大利亚、东南亚等世界五大洲的21个国家和地区的600多人，比原来预计增加一倍多，一些驻华外国使团的商务参赞也前来参加。

当然最初的闽南三角区外商投资贸易会的目标投资方，基本上还是港澳客商和东南亚华侨华人。所谓的"外商"，大多还是在海外的闽籍侨商，不像后来那样，外商云集，高鼻子、蓝眼睛的人纷至沓来。

然而，正是走过那块借来的红地毯，这批海外的福建老乡给投洽会带来了大量的签约项目、合同外资，以及外贸成交额，在中国贸易会历史上写下了极其重要的一笔。

国家经贸委、国家计委、国家经委、中国人民银行和中国农业银行等部门的领导或有关人员参加会议，直接听取、协调有关投资、贸易的事宜。省直机关各有关部门也派人现场办公，为客商提供方便，促使洽谈成功。

让人欣喜的是，这个由三市一地联合主办在厦门富山国际展览城举行的投洽会，很快地就因为在吸引外资上成效显著而显示出蓬勃的生命力，这次投洽会共与外商签订了合资、合作经营项目合同54项，项目总投资金额4.58亿元，其中外资4583.8万美元。

厦门与外商签订合资、合作合同项目19项，投资总额2.05亿美元，其中利用外资2197万美元，出口成交5139万美元。厦门在4个地市成交项目中居首位。

另外，这次洽谈会共签订来料加工、来件装配等"三来一补"合同79项，可收取工缴费4593万港元，已签订合同的出口成交总金额达 7506 万美元。

在这次签订的合资、合作经营的 54 项合同中，属生产性项目的共 52 项，占 96%，引进了一批先进生产设备、先进技术和先进的管理经验。这对加速闽南三角地区外向型经济的发展，具有重要意义。

福建省闽南三角区外商投资贸易洽谈会，历时 4 天，于 9 月 9 日结束。

龙岩市人民政府原副市长徐继武回忆起 1987 年在厦门富山国际展览城举办的闽南三角区外商投资贸易洽谈会，一切还历历在目。

1987 年，徐继武任龙岩地区外贸公司总经理、党总支书记。他回忆说，闽南三角区外商投资贸易洽谈会，当时也有人称之为"三角四方"外商投洽会，是由厦门市牵头，联合泉州、漳州和龙岩举办的。

"龙岩参加闽南三角区外商投资贸易洽谈会是争取来的。"徐继武坦言，1987 年的龙岩交通、通讯相对落后。当时龙岩领导认为，龙岩自然资源丰富，而且是离沿海较近的山区，融入"闽南金三角"经济大潮中，非常有利于龙岩经济发展。

徐继武说："我们将龙岩参会的优势向厦门市政府作了说明，没过多久，得到厦门市有关领导支持。这样，龙岩作为主办方之一参与了这次投洽会。

"后来，我参加了闽南三角区外商投资贸易洽谈会筹备前的一些活动，深深感受到开放意识弥漫在整个厦门、整个闽南金三角。1987年9月6日,闽南三角区外商投资贸易洽谈会如期在厦门富山国际展览城开幕。我作为龙岩地区代表团办公室主任参加了开幕式。"

徐继武回忆,龙岩代表团当时有12个展位,每个展位才9平方米,而且展位非常简陋,"似乎是摆地摊,主要展示龙岩矿藏资源,带上许多种矿产品,如钨、硼样品等,其他以土特产品来填充,如带上好几袋香菇去展销"。

"不过效果还不错,当场有一位港商与漳平县一家工厂签订合同在漳平生产玩具,投资金额达160万元。这在当时算是不小的投资,当年11月份就投产,而且投资资金也很快到位。通过投洽会,也有不少外商陆续来龙岩订货。"

徐继武从此与"九八"结缘。此后每一届,他都作为龙岩代表团成员或负责人参加"九八",一晃22年。

福建省政协原主席、当年的副省长游德馨回想起"九八"的创办历程,也是感慨不已,他对第一届投洽会进行了这样的评价。

游德馨说:"虽然第一届取得的成果在今天看来可能微不足道,签约项目只有54项,合同利用外资4600万美元,外贸成交额也只有7500万美元。但这一尝试,为福建乃至中国的对外开放写下极其重要的一页。"

后来,以投资为主题的大型展会,以洽谈的形式来进行招商一直沿用不衰。不仅如此,这个投资贸易会还开启了福建招商引资的先河,为20世纪90年代福建研究对外开放提供了很好的参考。

这一次,"九八"开启了尘封已久的大门,让福建沿海与山区得以跨地区对话。展会在当时获得了巨大的成功,第二年就被升级为全省性的贸易洽谈会。

在接下来的10年里,借着20世纪90年代中国经济大跨步前进的东风,投洽会几乎是以滚雪球般的速度飞速壮大。

1991年,省内区域性的洽谈会升格为口岸洽谈会,主办单位亦由福建单家扩大到数省联合。1995年,展位数量已达到1200个,超过了国际超大型展会的展位数,一跃成为中国最大的投洽会。

曾任福建省政府对外开放事务办公室主任的李朝阳坦言,在改革开放后的10多年里,对很多华侨来说,内陆偏远的省份,对他们还是充满了神秘感,而"九八"正是外商了解内陆省份的一个窗口。

看今朝,抚往昔。人们永远不会忘记中国国际投资贸易洽谈会令人寻味的雏形,即闽南三角区外商投资贸易洽谈会带给人们的美好回忆。

升级为省级投资洽谈会

当年的尝试,为"九八"的起步积蓄了经验和信心。首次摸索的感觉还不错,省里决定把投洽会继续办下去。一位老"九八"对第一届投洽会评价说:"这在当时是一个了不起的成绩。"

1988年9月8日,省里的决策者审时度势,汇集了全省九地市的经贸项目和人力、物力,在厦门召开"福建省投资贸易洽谈会",由省政府主办,并决定每年9月8日在厦门举行。因此,投洽会在举办的第二年就被升格为"福建省外商投资贸易洽谈会"。

此后,每年的投洽会都固定在9月8日举行,简称"九八"。在"九八"的发展史上,闽南三角区外商投资贸易洽谈会开了好头,播下了希望的种子。

1988年的第二届投洽会名称改为福建省外商投资贸易洽谈会。时任福建省委书记的陈光毅出席开幕式,省长王兆国在开幕式上讲话。

洽谈会上除投资、贸易外,厦门还提出了土地批租、老企业承包、参股、租赁、转让和小企业拍卖、小区土地成批开发等新项目。也就在这届投洽会上,投洽会组委会总结、推广了厦门建立滚动项目库的经验,由各地市的计委负责,符合国际市场需要、符合外商要求的项目,输入各地滚动项目库,谈成了就滚动出去,做好各地吸引外资的基础性工作。

1988年的洽谈会接待了来自19个国家和地区的客商1400余人,其中港、澳客商占80%。厦门与外商签订投资项目合同73项,投资金额2.19亿美元,其中贸易成交额1.36亿美元,占洽谈会成交额的48.57%。

1989年第三届投洽会是最困难的一届。为确保投洽会的召开和成功,福建省有关部门的同志,于1989年7月初带着25封由省委书记、省长签名的邀请信,赴新加坡、中国香港等地,一家一户地拜访境外著名闽籍企业家,向他们说明情况,邀请他们前来参加"九八"投洽会。

精诚所至,金石为开。这些外商们后来都亲自或派出代表参加本届投洽会。结果,前来参加这届投洽会的客商超过前两届,其他各项主要数字也好于前两年。

在1989年、1990年的"九八"洽谈会上,厦门与外商签订投资项目合同逐年增加,到1990年已达275项,投资总额12.79亿美元。

投资项目主要分布在轻工、电子、机械、纺织、建材、汽车配件和房地产业。

在1990年的洽谈会上,厦门首次推出共计2.66万平方米的国有土地使用权有偿出让,内外商竞争激烈,最后最高地价以每平方米3649元成交。

一位曾参与早期"九八"投洽会具体筹备工作的干部回忆,第一年洽谈会举办后大家看效果不错,第二年不用动员全省9个地、市就一起来了。

第三年，广东、江西等周边省份地市也纷纷参与，不到5年工夫，就从一个自发的地区性招商引资专题会逐步发展成为覆盖闽粤赣三省，影响华南、东南地区的集投资、洽谈、经贸为一体的盛会。

经过四年的发展，"九八"洽谈会在国内外的影响越来越大，不少兄弟省市参会的呼声也越来越高，做大做强"九八"洽谈会的条件日趋成熟。

东方风来满眼春。20世纪90年代初，邓小平视察南方重要讲话在全国引起巨大反响。江泽民在厦门经济特区建设10周年庆祝大会上发表了重要讲话。全国各地开始掀起发展外向型经济的热潮，各地都在寻找和搭建招商引资的平台。"九八"的组织者深深地认识到："九八"需要更多的资源吸引客商，"九八"应该进一步做大并为更多的省市服务。

福建人民海纳百川的开放胸襟可以从下面的事例看出一二，洽谈会组委会的一位老领导在多年后，还能清楚地记得这样的细节。他说：

> 我们把外商的名单全部打印出来，一视同仁、毫不保留地提供给参会的国内其他省份来宾；我们把厦门最好的宾馆客房让给外商和外省客人，省内各地市都住招待所，甚至住地下室；我们还把展厅最好位置让给了外省……

设计中国投资洽谈会会标

1993年，受福建省政府委托，当时作为"九八"形象企划执行单位的福建电广公司，专门成立了会标设计班子，准备为投洽会设计会标。

刚从福州大学工艺美术学院毕业的叶斌有幸参与其中。当时组委会从许多设计方案中筛选出四个方案研究讨论，并不断修改，最终敲定了"金钥匙"作为会标。

投洽会"九八金钥匙"会标，是由阿拉伯数字"9""8"和英文字母"CIFIT"组成。当时之所以把"金钥匙"作为会标，是因为它涵盖了几个方面，它首先是一个数字的结合，就说"九八"每年是9月8日，而且开幕式是9时8分，数字的结合这一块让所有的参展商也好，客商也好，成员单位也好，很容易记忆。

9月8日是福建省选定的良辰吉日。叶斌说，作为中国人，9也是好的数字，表示"长久"，8是"发达"。

当然，如果只是把9和8简单地进行数字组合，还不能体现大会的主题。设计者们把福建投资贸易洽谈会的英文简称"FIFIT"作为一个设计元素加了进去，形成钥匙的齿。到了1997年，投洽会升级为中国投资贸易洽谈会后，又把英文简称"FIFIT"换成了"CIFIT"，成了新的钥匙齿。

把这三个元素合在一起以后，从外观，从受众的第一感觉看过去就是一个金钥匙，投洽会本身就是中国吸引外商的一个投资型的盛会，它的主题本来就是这样一个主题，所以金钥匙这个标志也可以体现打开中国市场大门，跟中国企业合作的一个金钥匙。

后来，已经担任投洽会筹划中心主任助理、福建金钥匙商务会展有限公司总经理，并且成为金钥匙的"保管人"的叶斌，回忆起"九八金钥匙"的诞生时，一再强调，这是集体智慧的结晶。

叶斌说，由于当时没有电脑，很多设计都由手工完成。会标的最后定稿，是用直尺、圆规制图，一笔一笔画出来的。

作为纪念，叶斌一直保存着最早的设计稿，里面包括"九八金钥匙"会标用于名片、信封信纸、手提袋、证件、纪念品及户外广告共近百种应用类型。

后来，"9·8金钥匙"作为"厦洽会"的会标，逐渐深入人心，每年9月8日，"九八"这把金灿灿的"金钥匙"总能引起全国，乃至全世界的格外关注。每当提起中国国际投资贸易洽谈会，人们眼前立刻浮现的往往就是这一把金光闪闪的"九八金钥匙"。9月8日9时8分，也成为"厦洽会"历年雷打不动的开幕时间。

这是一把开启财富之门的金钥匙，它不仅象征着中国改革开放和引进外资进程的"金钥匙"，还象征着世界经济融合与国际投资促进的"金钥匙"。

即便用后来 21 世纪人的眼光来看这个大会标志，它仍然称得上是一个成功的、富有创意的设计。它传达了改革开放年代，抓住机遇，打开投资中国之门的独特理念，充分体现了创办投洽会的主旨。

金钥匙会标在 1993 年的福建投资贸易洽谈会上首次使用。1994 年，叶斌又接着负责了大会的整体形象企划。那个时候，很多人包括业内人士，对整体形象设计还没有太多的概念，叶斌为此专门去深圳参加了全国首个 CI 设计高级讲习班。

回来以后，叶斌就组织做了 1994 年的整体形象设计这一块，把从标志的标准的运用，包括标准色，字体，各个方面就更加完善了。而且在会务方面，比如宣传气氛方面，在印刷方面，都给它做了一个完整的设计。

2003 年，有关方面又委托叶斌所在的投洽会筹划中心负责"九八金钥匙"会标的管理、保护和开发。接受委托后，叶斌和同事们做的第一件事，就是对会标进行商标全类注册，并申请了福建省著名商标的认证。

2005 年，"九八金钥匙"会标成为福建省著名商标中唯一的会展类商标。

为了迎接投洽会 10 周年的到来，叶斌在 2005 年底对投洽会 VI 视觉识别系统进行了重新整合。2006 年 7 月，这份整合的"技术规范"下发给所有投洽会成员单位和相关机构，以确保会标在具体应用过程中的形象统一和规范。

自己做出来的作品能够成为中国著名会展标志，在福建乃至中国最大的投资类型的展会上使用，并且历久弥新，金钥匙的标志随着投洽会的发展一年年更加深入人心，作为设计者之一的叶斌当然是很高兴了。

随着影响力的日益扩大，"九八金钥匙"申请中国驰名商标一事也被摆上议事日程。一转眼，金钥匙的价值早已超过百亿。

按照程序，申请认定中国驰名商标所需准备材料包括：证明相关公众对该商标的知晓程度、该商标使用持续时间、该商标的任何宣传工作的持续时间与程度及地理范围、该商标作为驰名商标受保护记录、证明该商标驰名的其他证据材料。

仔细对照上述条件，不难发现，"九八金钥匙"申请中国驰名商标的时机已经日臻成熟。

在国内外公众知晓程度方面，每届投洽会均吸引了世界各地100多个国家的6万余名境内外政界、商界名流参会，可以说，伴随着投洽会规模的越来越大，"九八金钥匙"会标也已成为在全球范围内享有较高知名度与影响力的品牌商标。

从持续使用的时间长短来看，"九八金钥匙"会标已持续使用了近20年，历经多届福建投资贸易洽谈会和中国投资贸易洽谈会。

而从宣传的持续时间、程度、范围来看，在长达10多年的品牌宣传中，每届投洽会均吸引了中、美、英、法、德、意、俄、日、阿拉伯等不同语言的1000余名报纸、电视、杂志、电台、网络媒体记者前来采访报道。

同时，通过与境内外媒体的合作，组委会对以"九八金钥匙"会标为核心的投洽会进行了大量的新闻和广告宣传，全球总覆盖受众达到数亿人。

另外，成功申请"福建省著名商标"的认定、品牌价值已逾百亿等条件，以及中国投资贸易洽谈会规模与影响力的日益增强等等，似乎都预示着，投洽会申请认定"中国驰名商标"一事，已经水到渠成。

在业界看来，驰名商标的认定成为提升投洽会品牌的有力措施。一旦申请成功，不仅无形价值进一步提升，还将具备更强的行业号召力，并形成强劲的市场竞争力。

另外，驰名商标的申请认定，将引起更大范围内的公众对投洽会的关注，有利于吸引更多的境内外客商参与投洽会。

同时，国内会展业中，知名会展申请认定驰名商标的还没有一家，如果投洽会先人一步，将对申请加入国际展览联盟起着促进作用，推动投洽会朝国家投资博览会迈进，这就会弥补"九八金钥匙"会标品牌建设、法律保护方面存在的不足。

二、完成升级

- 煤炭工业部部长王森浩高兴地说:"明年'九八',我们还会来!"

- 王龙雏说:"客户来自五大洲,这就是国家的号召力。"

- 当时评估的结果是:"投洽会这块牌子价值人民币26亿元!"

升级为口岸级投资洽谈会

1991年,第五届"福建投资贸易洽谈会"有了实质性突破,改由三省联办。这一年,因为云南、贵州等省、市也看中了投洽会这个独特、高效的招商模式,决定一起加入联合举办,因此去掉"省"字,改名为福建投资贸易洽谈会。云南、贵州也就成了主办方成员。

也就是从这一年开始,国家外经贸部批准厦门"九八"洽谈会升格为口岸性洽谈会。由区域性洽谈会升格为口岸洽谈会,厦门会展实现了精彩的一跃。

"九八"的影响力开始走出福建,到1996年的第十届福建省外商投资贸易洽谈会,以全国各个省市为代表团的"九八"成员单位已经有22个,涵盖了我国的绝大部分地区,对我国吸收和利用外资起到了重要的作用。

云南、贵州是第一批参与主办洽谈会的外省成员单位。"来福建的目的就是借船出海。"时任云南省副省长的金人庆一语道出许多内陆省份借助投洽会扩大开放、加快发展的心声。

福建、云南、贵州、厦门三省一市共同主办的洽谈会连续进行了1991年、1992年两届。

当时每年应邀参加的海内外客商均达1万多人,客商来自30多个国家、地区,16个省市和一批中央所属的大公司、集团也派人参加。这两届还开始了一些办会商业化的尝试,如摊位出租、销售门票等。

在这两届的洽谈会中,厦门所签订的合资合作项目共达706项,投资总额达51.64亿美元。外商投资领域涉及第三产业、房地产业、仓储运输、旅游业。洽谈会上还引进了一批高新技术项目。

当时做投洽会筹备工作的老"九八"祝芸回忆说,大概1991年的时候,全国各地办洽谈会也比较多,他们就想把它弄成国家承认的口岸性的,不要搞成福建地方性的。

老"九八"郑智说:"此前两届,客商虽然多了,但是主办力量上则略显单薄,影响力就难以突破。当时省外很多地区都有各自的展会,有的县、市也在办展。此外,广交会正处于上升期,以'福建省投资贸易洽谈会'的辐射力,要想影响其他省份组团参展,那只能是一个梦想。"

祝芸还记得当时有一个要求就是要有三个省以上进行主办才能叫作口岸,所以他们这些人就跑到外省找合作伙伴。

因为当时拉沿海的省份入伙是不可能的,祝芸他们就找西部的、山区的,到处去拉合作伙伴。经过他们的多方努力,最后云南、贵州两个省终于决定加盟。

所以,祝芸他们这些当初搞投洽会筹备工作的人,一直到后来对云南、贵州都特别有感情。因为他们觉得当时如果不是这两个省同意跟福建省一起主办的话，那他们这个投洽会可能就批不下来。

云南、贵州虽然加入了，成了主办方，但如何让外省参展团尽"主人"职责，投洽会组委会还是颇费了一番心思。

当年，云南、贵州的客人一到，组委会马上就为其分配各种"主人"的职责，并且，把客商资源介绍给他们，让兄弟省份实实在在感受到"令其他省份眼红"的实惠。

福建的努力没有白费，兄弟省份满载而归，云南代表团首次参加洽谈会，仅3天时间签约利用外资额已超过全省上年的总和，贵州的招商引资也大大超过预期。

云南、贵州从投洽会得到的实惠，很快对其他省、市也产生了影响。

1992年第六届，参加联办的省份更多了，除了云南、贵州外，还增加了山西、江西、陕西、安徽等省和重庆市。时任省长的贾庆林亲自担任组委会主任。

这两届的名称改了一个字，叫"福建外商投资贸易投洽会"，内容增加了兄弟省市的专题发布会。后来，前来参加的境外客商越来越多，效果越来越好。仅第六届，境外客商就来了2000多人。

不久，包括北京、上海、深圳等也主动要求参展，成为共同主办方。

为了进一步扩大洽谈会的影响，福建省还继续组织人马主动到各地推介。福建省外经贸厅副厅长陈少和清楚地记得1995年他去争取中国开发区协会组团参会的情景。

时任省开放办副主任的陈少和找到了开发区协会负责人,把"九八"的定位、功能、目标都详详细细地介绍了一番。

陈少和说:"开发区协会拥有中国许多优质的资源。如果能组成一个全国性的开发区代表团与会,对客商有很大的吸引力。'九八'把许多国家的投资商请来,集中'批发',与开发区带着项目出国招商,哪个成本低?哪个效率高?"

陈少和的话无疑是有道理的,开发区协会负责人被说动了,他当即表示愿意参加。当年,中国开发区代表团就参加了洽谈会,并且后来一直是届届不断。

1995年,国家煤炭工业部也首次参与主办投洽会,还成了当年最大的"赢家"。9月10日,他们一口气签下21个重大项目,总投资达47.67亿美元,其中最大的项目总投资超过37亿美元。煤炭工业部部长王森浩高兴地说:"明年'九八',我们还会来!"

这一年,"九八"吸引了来自48个国家和地区的3288位境外客商,除福建、厦门外,中西部贵州、云南、山西、安徽、青海、西藏和重庆7个省、市、自治区以及国家煤炭部、专利局、开发区协会、外商投资企业协会等13家主办,全国30个省、市、自治区参会,规模盛

● 完成升级

况空前。

当年到会采访的国际商报记者陈兆豪充满激情地写下通讯《九月,半个中国在厦门》。这个标题一度成为投洽会的热门标语,流行了好几年。

陈兆豪是从1988年就开始年年参会的老"九八",他激动地说,投洽会吸引力越来越大,全国各地纷纷借厦门宝地,做引资文章。当时,已从"半个世界看'九八'"变为全球商界关注厦门、关注福建、关注中国了。

1996年,福建迎来了投资贸易洽谈会10年庆典,厦门的魅力吸引了大批有实力的企业和国家加盟,3万多海内外客商,代表48个国家和地区,主办单位达19个,30个省、市、自治区都有代表,中央主要媒体以"9月,半个中国在厦门,半个世界看98"醒目标题报道大会盛况。

这次盛会共签订利用外资项目2450项,利用外资金额超过157亿美元,外贸成交额超过13亿美元。这一喜人成果,在全国当时的所有外经贸交易会中创造了新的纪录。

随着社会主义市场经济体制的确立,福建投资贸易洽谈会办展形式与时俱进,不断创新,开始了由计划经济行为向市场经济行为的转变,由单纯的政府办展,逐步开始进行市场办会的新的探索,大踏步与国际惯例接轨,与世界会展经济对应,成为全国对外经贸洽谈会发展的方向。

福建投资贸易洽谈会面临高平台上新跨越的历史

契机。

福建投资贸易洽谈会以"滚雪球"般的速度发展,其国际知名度与日俱增,外商与会人数、签订及投资金额呈逐年递增态势。

从1991年到1996年,"九八"洽谈会的主办单位由福建省一家扩大为20多家。洽谈会的影响力和辐射力迅速增强。

统计资料显示,福建投资贸易洽谈会在10年间共为中国引进了570多亿美元的合同外资金额。就连海外媒体也不禁感叹说:

"九八"是中国吸收外资的"大户"!

后来,老"九八"游德馨回忆起投洽会的发展,感慨地说,20年来,"九八"从无到有,从小到大,从低到高,从单一到多面,从简单到丰富,不断完善、发展。

最早的投洽会是4个地市联办,第二年就升格为由省主办,1991年升格为口岸的投洽会,1997年升格为国家级投洽会,2001年升级为国际投洽会,2006年联合国工发、贸发、经发等组织都参加了进来。

游德馨说,"九八"投洽会之所以能不断升级,顺利发展,是由于中央的开放政策、厦门的地理优势及福建的"三个八"。

"三个八"是指居住港澳的80万福建人、800万的福建籍华侨、80%的台胞祖籍地在福建。

同时，游德馨认为还与福建省坚持开放办会分不开。福建省一开始对办会就持真正开放的态度，愿意来参加的都欢迎，一视同仁，不搞本位主义。

总之，千方百计让参会的海内外来宾都能招到商、交上朋友，共同享受到福建省特有的开放优势。正是如此，"九八"投洽会一届比一届办得好，越办越有活力。

投洽会的日益发展，原有的资金注入已经不能满足需求，而且面对众多展览会的竞争态势，投洽会面临一个定位的问题，这可能从最根本上影响它的未来前景。

完成定位及商业化运作

1992年,祝芸所在的"九八"团队增加了一名成员王龙雏。当时驻厦门的福建省政府对外开放事务办公室承担了福建贸洽会在厦门的事务处理工作,事务办有4个处,祝芸所在的开发处侧重做会务,王龙雏是综合处处长,侧重搞策划。

王龙雏说:"'九八'洽谈会到了我参加的时候是1992年,我们国家当时有很多的交易会。这些交易会都在重复广交会,而且当时民间有一个'五小交易会'的说法,也都是在重复广交会。"

没有特色意味着难以生存,"九八"投洽会在这个时候也遇上了同样的问题。于是,这个团队开始思考如何把投洽会办得与众不同。那时一帮年轻人在讨论的时候就说,我们国家的对外经济政策很重要的就是有两条,一条是扩大出口,一条就是利用外资。

如果沿扩大出口这个方向继续往下做,那永远都做不过广交会,更不可能取代广交会。所以投洽会策划组觉得当时虽然很多人在利用外资,在对外招商,但是没有形成一个非常鲜明的以投资为主的洽谈会。

策划组还分析,当时的福建已经有很多利用外资成功的范例,而且那时我国利用外资很大一部分都来自海外乡亲,而福建又是著名的侨乡,是很多海外乡亲的祖居地,这些都是办投资为主的洽谈会的好条件。

非常巧的是,福建投洽会在命名的时候就把"投资"摆在了前面,就这样,他们把这个想法写进了给省长汇报工作的策划案里。王龙雏说:"到了1993年的时候我们正式在概念上提出要突出投资,把它作为国际投资盛会。然后让厦门成为一个招商口岸,这是我们的想法。从那个时候开始我们对于出口订单的合同金额的统计慢慢地就被弱化了。"

这样的定位很适合当时各省、各行业急切的对外开放、招商引资的需求。

随着洽谈会规模的扩大,单纯靠政府投资办洽谈会的方式开始不适应发展的需要。1993年开始,投洽会引入了政府出资与商业化筹措资金相结合的方式。

王龙雏说:"当时厦门的投入我不太清楚。我记得,省里面财政一年是30万。每年就给30万,那怎么样利用30万把这个事情做大,当时我们提出来就是做广告,开始引入商业化招商。"

当时分管投洽会的福建省省长也在自加压力。他说他就不相信非要用财政才能做这件事情。那时筹备投洽会的这些人也都很年轻,他们当时有一句话叫作"情况不明决心大"。

从1992年到1996年,福建投洽会就这样基本完成了明确定位和向商业化运作转变这两件大事。

升格为国家级投资洽谈会

"1997年,是投洽会历史上划时代的年份,这一年,它才变成了真正意义上的'九八'。"老"九八"郑智回忆说,这一年,国家外经贸部经过"海选考察"后,正式将福建投资贸易洽谈会升格为中国投资贸易洽谈会,外经贸部则作为投洽会的主办单位。

从此,"九八"投洽会进入迅猛发展状态。

其实这场"海选"早在1996年就开始了。到了1996年,随着投洽会成员单位的增加,对于"福建投洽会"这个名字中的"福建"二字,大家又有了看法。

祝芸回忆说:

> 我们当时的洽谈会是大家轮流主持的,"九八"开幕式的主持人也是各个省轮流,酒会也是各个省轮流,就好像是轮流坐庄这种性质。大家觉得要公平,就不能叫"福建"投资贸易洽谈会,都想把名字改过来。

不过那时候搞投洽会筹备工作的这部分人还没有想到要把它办成一个国家级的投洽会。

祝芸回忆说:

只是说把名字改过来大家都好接受。后来，就去做这个工作。外经贸部也比较感兴趣，当时定的调子是说外经贸部要主办，就说挂"中国"两个字就一定要外经贸部作为主办单位。我们当时是觉得国家来办更好，外经贸部它有很多优势的，我们就赶紧回来做方案。

祝芸后来才知道，其实那个时候因为各地都在办这种洽谈会，当时的外经贸部就想应该对这种洽谈会有一个引导，实际上他们也已经观察"九八"好几年了。

郑智说，当时的国家外经贸部领导看到全国很多地方的招商引资都是在"打游击"，效果不明显，就决定建立一个全国性的、统一的招商促进平台，这样可集中国家财力，减少浪费，提高效率，而且可以成为宣传国家政策、展示国家和地区形象的窗口。

于是，部里决定"两手抓"，一手抓贸易，办好广交会；一手抓投资，选择一个全国性的投资洽谈会。当年，外经贸部专门派出一班人到全国各地"海选"，最终，有着10年基础，又有对台特色的福建投资贸易洽谈会脱颖而出。

就这样，1997年，福建投洽会升格为国家级投洽会，更名为"中国投资贸易洽谈会"，投洽会进入了一个更高的层面。

祝芸说，由于外经贸部的介入，所以才能邀请更多的客商。当时都是外经贸部把外经贸部驻在各国的商务处的电话给他们，他们再找那些商务处进行协商，那些商务处替投洽会发邀请函，请有名的外国客商来。如果只让福建做，高层次的大的跨国公司他们是邀请不到的。

王龙雏后来说："现在由商务部来做，它非常有号召力。它代表国家水平，所以洽谈会才发展为万商云集，客户来自五大洲，这就是国家的号召力。那个时候我们有一个口号叫'万商云集，创造良机'。我想与其说这是对当时现状的描绘，不如说是我们对大会的一个期望。"

发端与引领改革开放风气之先的厦门经济特区的"九八"盛会，历经多年的发展历程。

从当年那个要去借地毯迎接客人的"九八"变成后来拥有富丽堂皇的会展中心的"九八"，从花钱请各省来捧场的"九八"变成各省争先恐后掏钱组团来参加的"九八"，从只有福建乡亲投资的"九八"变成国际资本流动的黄金平台，"九八"已经成为中国融入世界经济不可缺少的大舞台。

厦门作为改革开放窗口的辐射作用越来越凸显，而那些当年的"九八小人物"后来都已成长为一些重要企业的核心人物，虽然他们谦虚地自称是"九八的小人物"，但没有这许许多多的"九八小人物"又哪来后来的"九八"呢！

正是有祝芸、王龙雏这样名不见经传的人物，一步步把一个区域性的招商活动，变成数省联办的口岸洽谈会，又变成国家级国际投资促进盛会，才使投洽会完成了激动人心的"会展三级跳"。

后来，"中国投资贸易洽谈会"经国务院批准，再次更名为"中国国际投资贸易洽谈会"。

回忆起这段历史，让那些老"九八"们无限感慨。郑智说，"九八"投洽会从一个区域性的招商活动，到数省联办的口岸洽谈会，再到国家级国际投资促进盛会的"三级跳"，这是改革开放的必然产物，更是厦门乃至整个福建改革开放的一个缩影。

一年一度的"九八"投洽会，后来逐渐成为以福建为主体，涵盖台湾海峡西岸的海峡西岸经济区的一个重要品牌。它作为国际投资促进平台，受到国内外广泛认可，经历改革开放几十年巨变的福建，正是通过这个窗口，在世界经济舞台上迈出了新的步伐。

但后来已很少人知道，闻名国内外的"九八"投洽会，其雏形就是1987年在厦门举办的闽南三角区外商投资贸易洽谈会。没有经历过那个时代的人，更加难以想象1987年举办投洽会时的情景。

评估中国投资洽谈会价值

10年孕育,第一届中国投资贸易洽谈会就像含着金钥匙出生的孩子,天生骨骼精奇,品牌价值自是不菲。

1996年,"九八"投洽会为了更加明确地认识自己的品牌,做了一次无形资产的评估。当时评估的结果是:

投洽会这块牌子价值人民币26亿元!

进入21世纪,人们听到"资产评估"这个词,可能一点也不感到稀奇。可要知道,这时还是1996年,正是"九八"从福建投资贸易洽谈会升格为中国投资贸易洽谈会的前夕,在中国,还没有哪家会展做过无形资产的评估。所以,给投洽会估价,这在当时的中国会展业中还是第一次,这也是我国无形资产评估领域的首例会展业评估。

那这26亿元无形资产是如何评估出来的呢?投洽会组委会办公室副主任、福建省外经贸厅副厅长陈少和亲身经历了10多年的"九八",对它升格前后的那段历史也特别清楚。

当时的投洽会组委会是怎么想到给"九八"做价值评估的呢?

陈少和在回忆这段历史时说，1996年，中国经济市场化脚步加快，世界经济一体化的进程也在加快，"九八"人的品牌意识和责任感也在增强。

作为福建人创立的一个品牌，投洽会当时虽然还没有正式升格为中国国际投资贸易洽谈会，但作为当时大会的品牌，已经初具影响力了。

陈少和回忆，当时在国内一些地方出现了"九八"标志被滥用的情况，甚至有人利用"九八"品牌进行牟利。这种随意使用的做法，势必对大会的品牌构成负面影响。

正是在这种情况下，为维护"九八"投洽会的品牌形象，福建省委、省政府注册了"九八"投洽会。同时，为了确立大会品牌的法律地位，也为了保护这个品牌的权益，组委会决定，邀请专业评估机构对其无形价值进行评估。

当时，组委会请来了国家专利局唯一的评估机构，北京连城资产评估事务所的专家，对"九八"的无形资产进行评估。

经过对"九八"进行了实地考察和充分调研，评估专家们认为，"九八"投洽会获得成功，最重要的原因可以归纳为两点：

第一，与国内其他洽谈会相比，它具有鲜明的主题以及与之相呼应的一整套策划、组织方案。

第二，"九八"从它的诞生之日起，就明确提出"国际招商引资"的主题,并在日后的发展中一直坚持这一主题。10年间,规模日渐扩大,档次日渐提升,功能日趋完善,影响不断增强,走出了一条脉络清晰的发展道路。

专家们在20多页的评估报告中指出,投洽会从1987年到1996年的10年间,签约利用外资的总额持续增长,与会的外商越来越多。"九八"投洽会的举办,让国内外客商云集厦门,直接洽谈、直接签约,从而赢得了投资、贸易的机会,减少了许多中间环节,这正是洽谈会价值的最大体现。

另外,报告还高调评价了投洽会,报告指出:

> 1997年,"九八"洽谈会将升格为"中国投资贸易洽谈会",相信其发展会更加迅速,亦会取得更辉煌的成绩,成为与"广交会"相互补充,以国际招商为主题,投资和贸易相结合的"国际招商中心"。

经过专家们的详细估算,评估机构最终认定,福建投资贸易洽谈会总体价值为26亿元。

一转眼,10多年过去了,投洽会也顺利地走进了21世纪,金钥匙的价值早已逾越百亿大关。投洽会的规模和影响力与当初已不能同日而语。那么什么时候,会对"九八"的价值再做一个评估呢?

陈少和说，什么时候进行重新评估，这要看实际的发展态势和实际工作的需要，因为我们现在是初步推向了国际化，但是要真正提升这个国际化的水平，我们还有很多工作要做。到了一定的时机，如果比较成熟的时候，也可能会做一个新的评估。

一位曾经在福建工作多年的老领导后来满怀深情地说："福建得开放之先，在全国有许多创新之举，现在回过头去看，这些创新中，最早提出、最有影响、最具吸引力，而且到现在还焕发着无穷魅力的，'九八'是一个典型！"

"九八"应运而生。"九八"的诞生和壮大源自党中央的改革开放英明政策。"九八"的出现是福建的创意，又是历史的必然。然而"九八"诞生在当时还不算经济强省的福建，却是福建儿女对中国改革开放的巨大贡献，是福建的骄傲！

投资洽谈会成为世界投资晴雨表

在投洽会走过的20多年历程中，1992年至1997年是不断壮大、取得较快发展，最终从口岸性升格为国家级投洽会的关键时期。

当年具体分管、筹划这项工作的福建省副省长张家坤说："这首先要归功于当时全国大环境，福建省委、省政府的正确决策，以及各省和中央部委的大力支持。"

在当时，邓小平南行讲话发表后，全国开放大潮再起。福建省抓住这一有利时机，进一步发挥率先对外开放、实行特殊政策的优势，以及在港澳侨台的人文优势和区位优势，经过五六年的努力，把投洽会这一吸引外资的平台做强做大，从口岸性走向全国性，办成全国最大的国家级投洽会。

经过不懈努力，1996年，投洽会主办单位达19个，组团前来参加的兄弟省已有25个，中央部委有外经贸部、煤炭部、商业部、农业部、国家科委、国台办等，煤炭部有一年就推出了300多个招商引资项目。

全国开发区协会、外资企业协会等行业协会也踊跃参加，仅开发区协会就组织了全国40多个开发区推出1000多个对外招商项目。这一切，为1997年投洽会升格为国家级洽谈会做了充分准备。

张家坤强调，坚持不断创新，是这6年投洽会取得较大发展的主要原因。根据福建省委、省政府的决策，组委会要求各部门要走创新、走改革的办会路子，做别人、做福建、做全国没做过的事。没有创新的方案，不要提到会上，力争做到每届都有不一样。

这当中有内容的创新、形式的创新、服务保障体系的创新、具体运作的创新。

在内容上，投洽会创办了"九八"国际论坛，突出对台经贸特色，举办海峡两岸商品博览会。

在形式上，成立投洽会策划中心，设计出"九八"会徽金钥匙并加以注册，由各主办单位轮流主持会议，每年开幕式剪彩的形式要有新意等。

在服务保障机制上，走市场化办会路子，邀请协办单位，指定展会使用产品，所有客户资源公开等。

据不完全统计，每届都有几项新突破，6年一共形成几十项新突破，其中在全国办展中首创的就有10多项。

1997年，投洽会的无形资产被评估为26亿元。特别是在具体运作方面，福建省大胆引进商业运作，以会养会的做法，既保证投洽会以政府为主导、不断发展壮大，又不多花财政的钱，成为不靠财政办展会的成功案例。

张家坤回忆，当时福建省政府确定，每年省财政支持投洽会的资金为50万元，其中30万用于福建省经贸代表团组团费用，20万用于办会。

组委会认为，靠财政办会展是撑不住、难持久的。

投洽会要创新、要增加服务功能，都需要钱，而以政府为主导，引入专业机构，进行商业运作，实现共赢，是保证投洽会富有生命力、日益壮大的有效办法。

1992年，组委会从出投洽会的会刊开始尝试，由专业服务机构筹资去做，组委会给予政策支持、引导和监督，结果证明非常成功。

当年政府没有花钱，就有一本高质量的会刊，提高了投洽会的服务功能，介入的企业也在许可的范围内，获得了良好的回报。

1993年，组委会全面引进商业运作，选择一家企业作为协办单位，投入100万元，解决展会提高服务功能所需的多项资金。

1994年，在上述的基础上，组委会又开发了专项的商业运作，如举办国际论坛，增加会展内容，招募自愿服务人员，提供翻译等服务。这些项目都由想做的专业机构，按照组委会的要求领走了。

1995年后，组委会更放手了，出台了特许征集广告媒体，由媒体赠送给投洽会广告版面，组委会授予媒体征集相关"九八"广告的权力。在会展中心的显著位置设立签约中心，由相关专业机构具体操作，既满足参会各方面的需要，又满足企业借"九八"平台提高知名度的需要。

还有设立投洽会新闻中心、商务中心、展务中心、广告中心、餐饮中心、开幕式典礼会场及周围的布置、会后的商务考察、外商的落地保险、金融法律咨询服务等等，都引进专门服务机构去做。

这样，投洽会的服务功能越来越齐全，越来越有影响，参与的不少企业也借此平台得到良好的回报。可以说，投洽会靠商业运作、以会养会，好比每年埋下几个桩，为成为国家级投洽会打牢基础。

进入21世纪，投洽会的档次越来越高了，它已成为中国会展业的品牌，并正向国际投资博览会迈进。

全世界有几万亿美元的流动资本在寻找投资项目，中国是最受各投资商关注的国家，投洽会已成为世界投资的晴雨表。届时，100多个国家、100多个跨国公司同时会聚厦门，等于每年在厦门办一个国际博览会，为福建省提供巨大的资金与财富，有力地造福于厦门、福建和全国。

三、辉煌之路

- 外经贸部的批复中这样写道：同意福建投资贸易洽谈会更名为中国投资贸易洽谈会。

- 习近平指出：本届投洽会是中国加入世贸组织后首次举办的全国性国际投资促进活动，将成为客商充分展示自身优势的平台。

- 商务部副部长马秀红致辞说："经过10年努力，投洽会已成为国际上具有影响力且时效性最强的国际双向投资平台。"

成功举办首届投资洽谈会

1997年9月8日,第一届中国投资贸易洽谈会在厦门富山国际展览城隆重开幕。细心的人不难发现,"九八"金钥匙最顶端的齿标已由代表中国的C取代了代表福建的F。整组符号变成"CIFIT"这个英文缩写。

CFIIT这个英文缩写首次亮相,标志着投洽会由它的前身,福建投资贸易洽谈会向国家级的经贸盛会全面升级。

那么,究竟是怎样的机缘促使了投洽会的升级呢?1997年"九八"投洽会,正是亚洲金融危机肆虐之时,亚洲的投资环境受到严重破坏。而因为始终坚持独立摸索、自主创新的中国经济在迫切需要引进外资作为拉动经济增长的引擎。

为扭转利用外资下滑的局面,同时优化外商投资结构,进一步扩大对外开放,经国务院批准,福建外商投资贸易洽谈会升格为"中国投资贸易洽谈会",中国"投洽会"应运而生。当时中国政府力图打造一个以跨国投资为主题的全国性吸收外资平台。

时任厦门市政府会展协调办公室副主任的郑智回忆说,投洽会的升级得力于两方面的因素。

郑智说:"第一个,当时全国各地都在招商,全国各地都到国外去招商，外经贸部想建立一个稳定的统一的平台。当时呢，福建投资贸易洽谈会做了10届，它也想在更高的规格上更大的范围内把这个投资贸易洽谈会推上一个新的阶段。这个时候，福建投资贸易洽谈会福建省委、省政府决定推荐给国家外经贸部来选择。"

在当时，国家外经贸部对福建投资贸易洽谈会的现场进行观察考核，因为当时中国类似的展会很多。经过考察后，国家外经贸部认定，福建投洽会在当时全国以投资促进为主题的各个展会中，是最有代表性的。

国家外经贸部还同时认为，福建投资贸易洽谈会当时已经是一个数省联合主办的口岸性活动，规模影响日益扩大，由它升格为全国性的招商引资平台，时机已经成熟。

1997年，福建春早。去冬的红梅尚绽放枝头，鹭岛的凤凰树已吐出新绿。这年1月15日，国家外经贸部正式下文，同意福建投资贸易洽谈会升格为中国投资贸易洽谈会。外经贸部传来的批复是振奋人心的，批复中这样写道：

> 同意福建省投资贸易洽谈会更名为中国投资贸易洽谈会。从1997年起，中国投资贸易洽谈会由对外贸易经济合作部主办，福建省人民政府、厦门市人民政府承办。
>
> 中国投资贸易洽谈会每年举办一次，以招

商引资和外商投资企业自产商品交易为主体，各省、市、自治区自愿参与，平等互利，山海协作，东西互补，部省联手，共同发展。

这份批复意味着"九八"又掀开了崭新的一页！至此，外经贸部正式将福建投洽会升格为中国投资贸易洽谈会，并作为主办单位，倾力打造这一全国性的经贸盛会。投洽会也顺利完成了自己的"三级跳"。

说起投洽会的创办，组委会秘书长、厦门市副市长王菱女士说："商务部当时的初衷就是希望创新投资促进的一种模式，在一个相对不是太长的时间，能够使外商云集、信息沟通，使得中国大陆招商引资能够达到浓度最高、权威性最强的效果。因为当时我们所有的招商引资除了各地举办的活动以外，就是到国外推介，一个团组出去只能走两三个国家，那么一个地方举办的投资促进活动呢，来的外商只能到一个省或几个省，在这种情况下就创办了中国投洽会，用4到5天时间，让大家在这里交流，全国各地都能来。当时主要是以引进来为主。"

升格后的第一届"中国投资贸易洽谈会"，举办地点仍在厦门，但改由国家外经贸部主办，福建省人民政府和厦门市人民政府承办。

成员单位包括福建省、宁夏回族自治区、北京市、原国家科委、国务院侨办、国务院台办和新疆生产建设兵团等36家，涵盖了我国东中西部的26个省、市、自治区和国家有关部、委、办、协会。

1997年9月8日，首届中国投资贸易洽谈会在中国厦门举行了开馆仪式，9月13日投洽会顺利结束。

本届洽谈会共开设40个专馆，设立1200多个展位，推出1.2万多个对外招商项目。洽谈会吸引了6200多名海外客商，共签订外商合作项目2714个，外资金额146.32亿美元，进出口贸易成交额达11.02亿美元。

老"九八"祝芸说，一次，几位老"九八"在一起聚会，有人说，他这一辈子做过的最伟大的事业就是"九八"了，大家很是赞同，她也是这种心情。"回想福建改革开放这么多年，一直坚持下来的、在全国能形成影响力的应该属'九八'。'九八'不仅是中国的'九八'，更是世界的'九八'"！

投资洽谈会不断增加新内涵

1998年9月8号，第二届中国投资贸易洽谈会开幕，尽管参会的东南亚客商有所减少，但来自欧美的洋面孔却比第一届明显增多，众多跨国公司的高层人物更是亲临厦门，利用投洽会这个平台寻觅投资中国的机会。

1998年东南亚发生金融危机，这一年的中国投洽会上，跨国公司、境外政府机构和商会组织纷纷参展，把中国看成投资的热土。

1998年是中国改革开放进程中具有重要意义的一年。在此年，深化改革、扩大开放、利用外资的方针政策逐步得到了实施。全国利用外资工作会议为中国更加积极、合理、有效地利用外资指明了方向。

在此背景下，第二届投洽会招商引资的主题鲜明，吸引力、影响力大大提高。31个省、自治区、直辖市政府，部分计划单列市政府、国家有关部门和部分全国性商协会作为成员单位积极组团参会、参展。海外团组的展位也扩大到260多个，跨国公司、境外政府机构和商会组织纷纷参展。

老"九八"严琪说："我们邀请了一些意大利、西班牙、印度还有美国的政府机构、中介机构和一些企业来参展参会，那么展馆里的成分越来越多了，不仅是我们国内成员单位的展位,从 1998 年开始,我们逐渐看到更多境外的参展的场面。"

本届洽谈会继续由国家对外贸易经济合作部主办,福建省、厦门市人民政府承办,成员单位达 42 个。

第二届投洽会开幕当天,厦门人民会堂举行了一场高规格的跨国公司投资战略研讨会。时任国务委员的吴仪到会发表了题为《亚洲金融危机与中国经济发展》的专题演讲,对外贸易经济合作部部长石广生致辞。

吴仪应大会组委会要求,在演讲中介绍中国政府在面对亚洲金融危机情况下,扩大国内需求,扩大对外开放,促进经济发展的情况。

吴仪表示中国政府欢迎跨国公司来中国投资,推动我国企业通过与跨国公司的合作,引进资金及先进适用的技术、管理经验和营销方式。中国政府积极支持国有大型企业与跨国公司合作,鼓励与跨国公司共同建立研究开发中心,推动国内企业与跨国公司相互协作。

此次研讨会由国家对外贸易经济合作部主办,洽谈会组委会承办。它得到了世界 5 大洲 20 多个国家和地区的积极响应。来宾有政府官员、经济团体和跨国公司负责人、工商财经界人士,有 31 个省、区、市领导,共 1000 多人。

这场研讨会不仅吸引了联合国贸发会议、世界银行等国际经济组织高级官员的参与,还像磁铁一般把包括松下电工、怡和、摩托罗拉在内的几十家跨国公司的高层聚集在了一起。

一场研讨活动，何以引起了跨国公司这么大的兴趣呢？

时任中国外经贸部部长石广生的一番话可以作为注解。他说，一场突如其来的金融危机，造成了许多亚洲国家的货币不稳定、金融不稳定，跨国公司越来越把中国看成投资的热土，那么他们齐聚在"九八"这样一个全国性的招商引资平台也就不奇怪了。

对于投洽会而言，这场研讨活动本身还有一个标志性的意义。

老"九八"郑智说："跨国公司投资战略研讨会，这是一个尝试，应该说这个尝试是成功的。对于投洽会来说，除了展的内容方面，又增加了新的内涵，就是政策研讨、信息发布。"

本届洽谈会还举办了"中国吸收外资政策研讨会"，它也同样是一场高规格的研讨会活动。

在第二届投洽会研讨会上进行演讲的，除了国务委员吴仪外，国家有关部门领导也专程莅会做了关于中国吸收外资政策的说明，联合国贸发会议秘书长鲁本斯·里库佩罗先生和世界著名跨国公司的代表也到会并做专题演讲。

参加第二届投洽会的海外客商达到6377人，分别来自世界60个国家和地区。洽谈会共签订外商投资合作项目2766个，利用外资总金额142亿美元，进出口贸易成交总额达10.53亿美元。

投资洽谈会跨过世纪门槛

金秋时节，绿荫吐翠，碧空如洗。

1999年9月8日9时20分，随着国务委员吴仪用一把巨大的金钥匙开启厦门富山国际展览城大门，中国最大的投资博览会，第三届中国投资贸易洽谈会拉开了帷幕。

第三届中国投资贸易洽谈会开幕，正逢世纪之交，本届洽谈会作为20世纪我国最后一次最大规模的投资贸易盛会，承载着非同寻常的厚望和重托。

由外经贸部主办的中国投资贸易洽谈会，每年9月8日至12日在厦门举行，是中国唯一以招商引资为主题的全国性洽谈会。金秋厦门，一个由数字"九八"组成的金钥匙会徽，引来商贾云集，高朋满座。

本年的洽谈会规模空前，这届盛会有海内外三万余人参会，其中包括国际经合组织秘书长和部分国家的部长级官员。各省、直辖市、自治区及国家有关部委、经济团体共44个成员单位组团参加。来自美、日、英、德、法、东南亚和台港澳地区的6000多名客商与会。

与往届相比，第三届中国投资贸易洽谈会更具国际化特色。走向国际化，可以说是"九八"的成功要素之一。从1987年开始的闽南金三角区域性投资交易会，到福建省投资贸易洽谈会，再到现在的中国投资贸易洽谈会，"九八"的国际化态势日益明显。

本届"九八"境外客商来源进一步呈现多样化的特点，除了传统上的台港澳地区和东南亚国家客商外，来自日本、韩国、美国、加拿大及欧洲国家的客商明显增多。据统计，报名参加"九八"的海外团组就达100多个，且多为十几个乃至几十人组成的大团组。这证明"九八"已真正融进了国际招商体系。

国际化的另一个重要标志是境外客商对"九八"的日益重视。在本年首次设立的跨国公司馆中，60多家跨国公司齐齐亮相，摩托罗拉、诺基亚、埃克森、柯达更是光彩夺目，质量更上一个台阶。

许多海外客商已将"九八"当作进入中国市场、了解中国的畅通管道。这无疑增加了"九八"的分量和内涵，同时也证明"九八"作为中国当时以投资为主题的规模最大洽谈会的形象已得到海外的权威认可。

本届"九八"积极组织在华投资的跨国公司、国外经济团体、中介机构等前来设展，以进一步扩大中方项目单位与跨国公司的接触与洽谈。

洽谈会还首次在展城一层富山展城入口处最显眼的地方专设跨国公司馆。

漫步在主会馆，最引人注目的就是设在一楼的跨国公司馆了。本届洽谈会跨国公司踊跃参展，摩托罗拉、诺基亚、埃克森、通用电器、索尼、佳能、柯达等60多家知名跨国公司到会设展位上百个，一些跨国公司的主要负责人还率团到会。

1999年8月10日刊于《人民日报》的《利用外资促进行业调整的新探索》一文，被制成一人多高的版面，使美国柯达厦门公司大出风头。

在写有"英中携手共创未来"标牌的英国国际贸易局展台前，英国贸易大臣理查德·卡本说，在新中国成立10周年时，他的父亲曾来过中国，至今他家还珍藏着父亲与中国领袖毛泽东在长城的合影。

卡本对中国有着特殊的感情。1981年，他曾作为一位旅游者来中国。这次是他第二次来华，而且还带来了一个庞大的代表团。

英国是中国的第六大投资国，当时英国公司已在中国建立了2000余家合资企业。当被问及此次来华带来了哪些项目时，卡本先生略显欣慰地说，代表团30位成员来自不同的行业，业务涉及法律、金融、能源、建筑等领域。

卡本强调，英国在世界金融市场占有领先地位，因此，英国将金融作为投资中国的重点项目之一。他督促中国的同事们，尽最大的可能创建一个更加开放的投资环境，以吸引更多的海外投资者进入中国市场。

"真是'弹指一挥间'，摩托罗拉进入中国已有十余年"，站在摩托罗拉展台前，公司高级副总裁赖炳荣不无感慨地说："十余年来，摩托罗拉经历了神州大地上日新月异的变化，成为中国电子领域最大的外国投资企业和美国在华最大的投资商。摩托罗拉已经把自身的发展与中国的未来融为一体，愿与中国人民一道，励精图治，锐意进取，共同创造更加辉煌的明天。"

本届投洽会境外的政府机构、中介组织出现的频率也越来越高。行业研讨会以及各省市的招商说明会也多了起来。

投洽会越来越旺的人气吸引了境内外众多的媒体记者前来报道。参加投洽会的客商一年比一年多，前来采访的新闻记者也一年比一年多。这里面不仅有各省、市来的随团记者，也包括了像英国路透社、美国CNN、日本NHK、香港凤凰卫视等一大批知名的海外媒体。

第三届投洽会开幕当天，组委会特地在富山展城外设立了一个摄影台，方便摄影和摄像记者拍摄开幕式的精彩瞬间。

老"九八"严琪说："这三届我们就在搭建投资博览会的国际性的平台。我们邀请了一些政府机构、中介机构和一些企业来参展参会，那么展馆里的成分就越来越多了，不仅是我们国内成员单位的展位，逐渐我们看到更多境外的参展的场面。"

这届"九八"盛会在成功举办12届的基础上，迈出了更加坚实的一步。本届洽谈会继续强化招商引资主题，在内容设置上突出全国性，突出以投资为主，突出发挥沿海地区在招商引资方面的作用，带动中西部地区利用外资的发展，突出对台经贸合作，突出科技招商，努力提高我国利用外资的质量和水平。同时，为进一步加大高科技项目的招商力度，洽谈会还增设了高科技馆并举办了小型的高科技项目研讨会和发布会。这是本届洽谈会的主题，也是中外客商对"九八"盛会的衷心期望。

带着这种期望，"九八"盛会把潮起云涌的投资贸易及创造的商机，带入21世纪。

与往年相比，本届洽谈会无论是在功能设置、招商形式、项目推介，还是服务水平等方面，都实现新的突破。也就是说，本届洽谈会努力办成档次高、规模大、成果多的经贸盛会。

为此，人们无疑对"九八"投进了更多关注的目光，"九八"本身也承担着比往年更沉的重托。

除投资、贸易洽谈外，由高层领导、世界著名经济组织、跨国公司等参加的高层论坛及形式多样的研讨会，也是历届洽谈会的"重头戏"。

本届"九八"期间，举行了"迈向21世纪的跨国投资合作"高层研讨会、国际经济合作与发展组织秘书长新闻发布会、联合国贸发会议"多边投资协议区域"研讨会等活动。一些国家领导人、外国政府要员、国际组织领导、跨国公司的负责人和经济权威人士都参与这些活动。

本届洽谈会期间举行的"迈向21世纪的国际投资合作高层研讨会"，成为与会人士关注的热点。国务委员吴仪、国际经济合作与发展组织秘书长唐纳德先生、英国贸易国务大臣理查德·卡本先生等海内外政府高层官员、国际经济组织负责人、工商界精英等权威人士到会演讲。

吴仪在演讲中特别建议海外投资者在国有企业的技术改造、中西部地区开发、高新技术领域、基础设施建设和服务贸易等5个方面寻找商业机会。

在这场高层研讨会之外，第三届投洽会期间还举行了外商投资政策的新闻发布会、相关热门行业的研讨会，以及东中西部地区的投资环境说明会。研讨活动一场接着一场，显示投洽会作为政策信息发布平台的作用得到进一步的加强。

改革开放20多年来，我国利用外资已近3000亿美元，居发展中国家之首。随着国家宏观经济政策的调整，我国利用外资政策也进入了调整期，主要是产业调整和区域调整，即鼓励外商投资高新技术领域，鼓励外商向中西部投资。

为此，我国发布了鼓励外商投资的新政策和鼓励外商投资中西部的各项配套政策，包括放宽吸收外商投资领域和设立外商投资企业条件、外商持股比例限制等。有关人士还表示，在金融、保险、电信、商业、外贸、法律咨询、航空、旅游等十方面进一步放宽对外商的限制，表明了中国进一步对外开放的信心和决心。

正如与会者之一，《世界投资报告》主编、资深投资问题研究专家卡尔·萨望所言，在日益自由化和全球化的世界经济中,外国直接投资市场充满了竞争。各地无不在致力于建立尽可能完善的投资体制,更加重视整个投资氛围的形成,中国在这些方面均有很出色的表现。

国际经合组织秘书长唐纳德,对中国在经济发展战略上为外国投资者留下一席之地的举措也特别欣赏。他说:"中国每年吸收外资400多亿美元,在国际投资合作方面占据重要地位。到2020年,中国成为世界最大的经济体。"

中国投资贸易洽谈会特色之一是对台经贸,本届洽谈会专设台湾馆,有25个团组的500多台湾客商参加洽谈会,人数与上届持平。

从洽谈会组委会了解的情况看,本年与会各团共签订台资项目603个,利用台资19.58亿美元,分别占洽谈会签订项目和利用外资的25.8%和18.2%,比上届利用台资多1.85亿美元。

开设三年的台湾馆,就在富山国际展览城二层大厅。据统计,本年台湾工商团体57个,来的台商600余人。台湾布袋港发展促进会理事长蔡武璋本打算在厦门多待几天,同与会客商好好交流交流,但因有急事匆匆离厦,感到非常遗憾。

蔡武璋多次强调,布袋港期盼与厦门港实现直航,这对两地的发展都有好处。他强调,合作的前提是接触和交流,这也是布袋港发展促进会连续3次参加洽谈会,而且人数一年比一年多的原因。促进会不少成员通过洽谈会采购了大量农产品，他本人在去年的洽谈会上了解了青岛的招商信息后，在那里投资了项目。

截至1998年底，台商在祖国内地投资的项目数、合同金额、实际投资数额，已分别占总数的12.6%、7.1%和8%。1999年新批准台商企业占总数的比重亦提高至15%。

在洽谈会期间，正赶上台资厦门春保精密钨钢制品有限公司在杏林台商投资区举行第一工场完工、第二工场动工仪式。

享有"钨钢王"之誉的廖万隆说，在厦门投资兴业，旨在改善台湾缺乏钨矿资源却拥有先进技术和设备，而祖国大陆钨矿资源丰富、钨钢制品却长期依赖进口的局面。

廖万隆表示，公司计划3年后生产规模提升至年产2000吨，成为世界前十名钨钢制品大企业。还有台资企业厦门灿坤电器公司，这次签订了新征1万平方米土地的协议，再增资扩大生产。

福州市马尾、厦门市海沧、集美等3个台商投资区，本年"九八"会间协议外资也均超过一亿美元。这些说明，主要办好现有台资企业，为他们提供更优质服务，让他们赚钱，促进增资扩产，仍是当时招商引资的一条重要举措。

9月12日，为期5天的第三届中国投资贸易洽谈会在厦门落下帷幕。

本届洽谈会共推出 1.3 万多个对外招商项目。洽谈会新闻发言人温再兴说，投洽会开幕前有意签约的项目就达 1000 多个，投资总额近 100 亿美元。

截至 1999 年 7 月底，我国累计批准外商投资企业 33.4 万家，合同外资金额 5948.1 亿美元，实际利用外资 2889.4 亿美元。会上共签订合同项目 1228 个，合同金额 51.83 亿美元，进出口成交额 8.13 亿美元，还签订了一批内联项目，合同金额 7.7 亿元，可谓硕果累累。

第三届中国投资贸易洽谈会是 20 世纪末的一次盛会。东道主厦门市也正在作世纪冲刺，一座总投资 11.7 亿元的大型国际会展中心，在风景秀丽的金厦海滨崛起。

厦门市副市长苏水利在大会闭幕时说："新中心环境更加优美，功能更加齐全。面积是富山国际展览城的 5 倍，摊位是现在的两倍，明年 7 月即可建成。这里不仅有 47 万平方米新颖建筑，还有 30 多万平方米绿地，透过直线 4600 米的海面就能清楚地看到小金门岛。大家明年'九八'相会这座 5A 级的新中心吧。"

世纪之交，世界的投资商们通过"九八"这座桥梁走在一起，携起手来，共同握紧"金钥匙"，开启迈向 21 世纪的成功之门。

走进厦门国际会展中心

2000年9月7日晚，与金门岛一水之隔的厦门黄金海岸举办大型高空焰火晚会，投洽会组委会希望通过这种方式迎接第二天盛会的到来。

第二天上午，数以千计的各界人士聚集在新落成的厦门国际会展中心广场前，参加一次盛大的升旗仪式。会展中心四周绿草如茵，不远处是碧波万顷的大海，让人心旷神怡。

这是中国投资贸易洽谈会举办三届来首次举行升国旗仪式。从第四届开始，海内外客商告别了富山时代的拥挤，齐聚在具有国际水准的会展中心。

开幕仪式结束之后，4万余国内外代表、客商从空中缤纷落下的彩花中步进会场。这时，国际投资论坛也随即登场。

这次投洽会首次将投资和贸易分离开来，并首次举办了"国际投资论坛"，积极邀请国际名流与外国政要莅会，投洽会的国际化步伐进一步加快。国际投资论坛是在前两年高层研讨会成功举办的基础之上形成的。

国际投资论坛是本届投洽会上最为令人瞩目的活动内容。中国国务委员吴仪、外经贸部部长石广生、泰国副总理素帕差、诺贝尔经济学奖获得者克莱因教授、联合国工发组织副总干事丸野等一批政要、知名学者,在这一天的时间里就"中国 FDI 与经济全球化"为主题发表演讲。

从此,国际投资论坛成为投洽会一个响亮的品牌。后来任第七届投洽会组委会会务部副部长的郑智说:"从第四届开始,国际投资论坛就成为投洽会的一个重要内容,所以它是我们这几年吸引高层次客商,对世界发布我们中国吸收外资的政策,学习和借鉴国外吸收外资的经验,探讨国际投资促进理论的一个重要的讲坛。"

在举办国际投资论坛的同时,投洽会还举办了 13 场外商投资政策、双边合作与热点问题研讨会。

此外,有关方面还在会展期间举办首届厦门国际企业家高尔夫邀请赛、大型商品展示会、文艺晚会等精彩活动。

第四届洽谈会仍由中华人民共和国对外贸易经济合作部主办,福建省和厦门市人民政府承办。洽谈会进一步突出投资洽谈主题,首次正式将投资与贸易分离,投资洽谈更加突出。

在本届投洽会举行前,大会组委会进行了精心的准备。据组委会办公室介绍,在大会召开前,本届"投洽会"采取了一系列强化招商措施,提高了参会客商的数量和质量。

外经贸部还专门发动我国驻外使领馆经商处为"投洽会"广泛邀请客商,组委会多渠道、多层次发邀请函,共发出各类邀请函10万多封。福建省、厦门市20多个出访团到欧美日韩等地区直接推介。本届还尝试委托国际经济组织、国际商会、华人社团和投资机构招商及网上招商等。

在外商团组对接方面，投洽会组委会也做了很大努力调整，不再像往届那样"拉郎配"，而是花了很大气力，提前一个月将境外组团的名单和联系办法交给各成员单位。各省、市可根据自身的情况，提早与客商联系接洽，提前做工作，提高洽谈成效。

在项目准备方面，各成员单位推出了828个重点投资项目，总投资额369亿美元。其中沿海省份推出项目297项，中西部地区推出项目389项，国家有关部门、协会和部分单列市推出项目142项。

组委会办公室和会务部通过各种渠道，对这些项目进行了推介。另外，各省市还组织了相当数量的中小项目，直接登录于CHINAFAIR网站和中国投资促进网。

第四届投洽会分设了投资洽谈馆、外资企业馆和台资企业馆，摩托罗拉、西门子、通用电气等世界500强跨国公司设立了自己的展位。来自世界89个国家和地区的8500多名客商、200多个境外客商团组前来参会，投洽会盛况空前。

展馆设立的投资洽谈区，重点展示了各地的投资环境、投资导向和投资政策。同时还紧紧围绕项目洽谈这一主题，举办了一系列形式多样、内容丰富的招商引资活动。

洽谈会首次设立的台资、外资两个贸易馆是展示中国利用台资、外资的重要窗口，受到各方的广泛关注，台资、外资企业参展热烈。投洽会期间，台资、外资馆贸易成交十分活跃。

由于本届投洽会实行了投资洽谈区和贸易展示区分开设置的办法，展区显得更加专业。

集中展区、跨国公司展区、金融机构展区、境外机构展区，各代表团充分展示着自己的形象。40多个国家和地区的200余个重要客商团组、8000余客商及国内43个代表团响应了此次投洽会。

如斥资50余万元布展的四川展区面积300余平方米，一改以前由各地、州分散布展的情况，统一布展。展场以蓝色为基调，入口处以变形的"四川"二字造型、以熊猫变形的"商"字作为统一标识。

投洽会刚开始，各市、州展台的精美招商资料便成了与会客商的抢手货。当天15时，宜宾市招商恳谈会便首传捷报，香港国泰国际集团投资1500万至2500万美元于该市自来水建设的合作协议正式签字。其他市、州也有投资协议或意向性协议签订。

此次仅四川代表团就带来1000余个招商项目，其中有500余个都是重点项目，包括200余个基础设施项目和围绕六大支柱产业推出的200余个项目。

本次投洽会参会的境外客商团组超过了历届。投洽会在新世纪迈上了一个新的台阶。国家商务部国际贸易经济合作研究院副院长沈丹阳曾经担任第四、五、六届投洽会组委会会务部和联络部的负责人。他说："这届会上台阶的最显著标志就是大会的客商规模，大会的展出规模，甚至连大会的收支规模都比上届有大的提高。各个方面的评价，从过去的4届里第四届也是最高的。"沈丹阳说，第四届投洽会的特别之处还在于，本年是首次以厦门市为主来承办，市政府为此成立了专业的会务执行机构，中国厦门国际投资促进中心，并投入了相当大的宣传力度，"九八"形象广告首次在财富、福布斯和美国商业周刊等西方媒体上亮相，对于客商邀请起到了积极的作用。

9月12日下午，第四届中国投资贸易洽谈会在厦门国际会展中心落下帷幕。中国投资贸易洽谈会是中国唯一以吸收外商直接投资为主的全国性投资促进活动。

本届投洽会共接待来自世界89个国家和地区的客商8500人，其中欧美客商1368人，比往年大大增加，台湾客商占三分之一。投洽会共签订合同项目1261个，合同外资金额50.01亿美元，协议项目577个，协议外资金额44.71亿美元。

在贸易成交方面，这届投洽会进出口贸易成交总额达7.86亿美元。其中，出口6.69亿美元，进口1.17亿美元。出口商品档次有一定提高，出口市场也有新的突破。

据介绍，投洽会为中西部带来巨大商机，中西部地区共签订外商投资合同、协议、意向等项目 501 个，外资金额 41.66 亿美元，比上届投洽会有大幅增长。

此外，共签订内联项目 119 个，总投资 84.10 亿元。其中，合同项目 44 个，合同金额 36.20 亿元，国内贸易成交 12.87 亿元。

这年，代表中国内地近 3 亿人口、拥有 540 万平方公里土地的 11 个西部省、区，全部作为投洽会成员单位一齐亮相。

从那以后，西部地区从投洽会上获得的成果一年比一年丰硕。一些西部地区成员甚至坦言：

> 他们所获得的外资有 70% 是通过投洽会取得的！

通过招商引资，全国各地正挥动如椽巨笔，勾勒美好的发展蓝图。

第五届变为双向投资洽谈

金风送爽，万商云集，热闹非凡，共创良机。

2001年9月8日，风光旖旎的鹭岛厦门，迎来了新世纪我国最大的国际投资促进活动，第五届中国投资贸易洽谈会。

9月8日上午，第五届中国投资贸易洽谈会在厦门国际会展中心广场举行了别致的开馆式。

9时8分，当中共中央政治局委员、国务院副总理吴邦国和约旦副首相穆罕默德·哈拉伊格揿动金钥匙时，广场上插着五根彩烛的大"蛋糕"喷出五颜六色的彩条，巨大的金钥匙缓缓升起。

时任福建省委书记宋德福、福建省省长习近平、中国外经贸部副部长龙永图、美国商会主席史蒂夫·温安洛、英中贸易协会主席查尔斯·鲍威尔、香港特区政府工商局局长周德熙、河南省副省长张以祥、厦门市委书记洪永世，微笑着站在主席台上，投洽会各成员单位领导等也出席了开馆式。

来自欧、美、澳、亚、非、拉等近100个国家和地区的上万名客商和国内客商云集广场。

自1997年起，中国投资贸易洽谈会已成功举办了4届，共签订投资合作项目9141个，合同外资金额483.08

亿美元。

第五届中国投资贸易洽谈会由我国对外贸易经济合作部主办，福建省人民政府和厦门市人民政府承办。投洽会为期5天，9月12日结束。

来自27个国家和地区的48个政府及投资促进机构团组，19个国家和地区的55个商会、协会团组，16个国家和地区的53个跨国公司及重要企业团组，以及31个省、自治区、直辖市，国家9个部、委、办、局、协会，3个计划单列市和新疆生产建设兵团组团参加了本届投洽会。

本届投洽会是在新世纪的第一年、"十五"计划开局年，我国即将加入世贸组织的背景下举办的。

适应新的形势，本届投洽会突出国际性、全国性，突出以双向投资合作为主题，突出发挥沿海地区在招商引资方面的带头作用，突出国家对西部地区利用外资的支持，突出对台经贸合作，突出科技招商。

本届投洽会规模进一步扩大，档次更高，会议期间的展览展示与项目洽谈内容更加丰富。双向交流与合作领域更加广泛，理论政策研讨课题更加深入。

本次投洽会还首次举办外商投资企业配套供需协作洽谈会，以更好地满足外商投资企业对本地配套原材料的需求，迅速提高本地配套能力和水平，为供需双方进一步沟通与合作提供平台。

投洽会首次组织信息技术、汽车和零件化工三大行业的知名企业及其产品进行展示，旨在推动这三大行业的配套协作，为中外同行提供直接交流和合作的机会。

面对我国即将加入世贸组织，国外引资机构表现出对吸引中国企业的极大兴趣。阿拉伯联盟、英国、美国、德国、日本、意大利、澳大利亚、南非等23个国家和地区的官方或非官方的投资促进机构，在此次投洽会介绍本国的外资政策、法规及投资重点，并开展一系列双向投资研讨活动。本届投洽会来自欧美、非洲和拉美的客商团组比往届显著增加。

本届投洽会还推出上万个经过政府立项的投资项目，招商内容几乎覆盖所有行业和地区。这些项目都是符合国家产业政策导向和地方特色的引资项目，其中重点推出当时我国鼓励发展的涉及28个领域的产业、产品和技术等工业领域的配套项目。

我国加入世贸组织后最新开放的商业、外贸、金融、保险、电信、旅游、中介服务机构等服务贸易领域的非工业项目，也同时推出对外招商。

总之，本届投洽会的质量和水平都高于往届，是我国迈向对外开放新阶段的一次意义重大的盛会。

本届"投洽会"举办的"2001国际投资论坛"，围绕"中国加入世贸组织后面临的机遇与挑战"的主题，就中国在新的经济形势下，如何完善引进利用外资法律政策，改善投资环境，加强与世界各国间的交流与合作进行广泛而深入的探讨。

国务院副总理吴邦国、约旦副首相穆罕默德·哈拉伊格、美国商会主席温安洛、英中贸易协会主席查尔斯·鲍威尔、外经贸部副部长龙永图等知名人士到会演讲。

大会期间，组委会还举办高规格的国际投资论坛及其他投资热点研讨会共 30 场，使投洽会成为中国最具权威的国际投资战略和国际投资促进政策论坛。

这些国际投资论坛受到海内外广泛关注，一大批国内外政要和企业精英登台演讲，使论坛成为国内外吸收利用外资新理念、新经验、新政策的最大的信息集散平台。

此外，同时举办的一系列投资热点问题研讨会，包括以"积极、合理、有效"利用外资为主题的政策性、务实性研讨会和报告会，为配合国家"走出去"战略而组织的双向投资和境外招商研讨会，有关国际机构和国内有关部门围绕世贸组织框架下的贸易与投资问题研讨会和培训班等。

本届投洽会的一个新亮点是，从往届的招商为主转变为双向投资洽谈，在鼓励"引进来"的同时，重视"走出去"。

本届投洽会结合经济全球化趋势和我国即将加入世界贸易组织的新形势，配合国家实施"走出去"战略，确立了"由单向招商引资走向双向投资促进"的办会思路，首次将促进双向投资和合作作为主题，设立了境外投资促进机构展区，吸引了阿拉伯联盟和英国、美国、德国、南非、阿根廷、墨西哥、尼日利亚等 23 个国家和地区的政府或半官方的投资促进机构前来参展。

同时，投洽会还举办中国—欧盟中小企业合作研讨会、中国—智利研讨会、中国—尼日利亚研讨会、中国—阿拉伯国家双向投资研讨会等 13 场实施"走出去"战略的双向投资研讨和境外招商说明活动。

通过这些活动，让国内有实力的企业更好地了解境外有关国家的外资政策、法规、投资重点，结识境外政府官员，寻找合作伙伴，由国内企业和境外引资机构、企业进行对口洽谈。之后，每届中国投洽会都吸引了许多外国政府官员和投资促进机构代表参加。

本届洽谈会展馆总面积达 32805 平方米，分 A、B、C、D、E 5 个展馆，A、B 厅有 38 个成员单位组团参展，C、D 厅设有开发区展区、IT 展区、汽车展区、化工展区、境外投资促进机构展区和综合展区。E 厅有全国 161 家各类外商投资企业到会参展。

此外，投洽会首次举办"外商投资企业产品配套供需协作洽谈会"，组织钢材、成品油、天然橡胶、化纤 4 个产业的国内生产厂商和外资企业采购商进行供需见面，展馆设在三楼轻型展厅。

本届投洽会推出上万个经过政府立项的投资项目，招商内容几乎覆盖所有行业和地区，重点推出当时我国鼓励发展的涉及 28 个领域的产业、产品和技术等工业领域的配套项目，我国加入世贸组织后最新开放的商业、外贸、金融、保险、电信、旅游、中介服务机构等服务贸易领域的非工业项目,同时也推出对外招商。

与往届相比,本届投洽会到会客商团组比预计多,档次高,来源国家广,特别是来自欧美、非洲和拉美的客商团组比往届显著增加。

时任外经贸部外资司副司长的张循海说:"与往年相比,本届洽谈会面临新的优势,一是中国加入世界贸易组织给中国吸收外资带来新的机遇和挑战,二是'十五'计划对吸收外资提出了新的目标和要求,三是吸收外资的三个法律进行了修改,已经全国人大批准生效,与之相关的实施细则也进行相应修改。"

根据新形势对我国吸收外资的要求,第五届中国投资贸易洽谈会具有十分突出的新特点。主要表现为:

第一,从单向吸收外商对华投资转变为在吸收外资的同时正确引导中国企业对海外投资。

第二,外经贸部和国家经贸委在本次投洽会期间共同举行外商投资企业产品配套供需协作洽谈会。

第三,本次投洽会大力推动三大行业龙头产品配套协作,即通过展示信息技术产品、汽车及其零配件和化工产品,为中外同行提供直接交流机会,发展配套协作。

9月12日,为期5天的第五届中国投资贸易洽谈会在金秋的鹭岛顺利结束。

来自世界97个国家和地区的8950名客人参加了本次投洽会,共签订合同项目1027个,合同外资金额47.98

亿美元，意向项目368个，意向外资金额33.52亿美元。其中，1000万美元以上的合同项目146个。进出口贸易成交总额达7.5亿美元。

从投向上看，工业项目占较大比重，高新科技项目、房地产、旅游项目也有较大增长。从签约的投资国别和地区看，仍以港澳台商为主，但是欧美客商签约较去年有所增加。

从签约项目的规模看，大中项目比重有所提高，1000万美元以上的合同项目146个，总投资额42.14亿美元，合同外资金额32.83亿美元，占投洽会签订的合同外资总额的68.4%。

中西部地区在本届投洽会上共签订外商投资合同、意向等项目278个，外资金额43.25亿美元，分别占大会签约总数的17.1%和37%，均比上届投洽会有所增长。

本年台湾客商参会人数达3221人，占到会境外客商人数的36%。这充分反映，随着祖国大陆投资环境日趋完善，台商投资大陆的热情高涨，海峡两岸实现"三通"是民心所归，民心所向。

来自阿盟和英国、美国、意大利、澳大利亚、日本、香港、澳门等23个国家和地区的政府引资机构及中介机构设立了展区，吸引我国对外投资。

第六届最大亮点是国际性

金灿灿的"舞台"搭起来,喧天的锣鼓敲起来。五颜六色的气球飘起来,丰收的大红爆竹竖起来,喧腾的鼓乐奏起来,厦门国际会展中心沉浸在浓厚的节日气氛里。

第六届投洽会开幕式上,最引人注目的莫过于来自澳洲的洋乐队的现场助兴,浑厚悠长的西洋乐曲,吸引了众多客商驻足观看,并赢得观众阵阵喝彩。在开幕式上以洋乐队表演助兴,是以往历届投洽会上所没有的。

长廊下,97面各国国旗在微微的海风中飘扬。工作人员说,这是因为参加盛会的海内外客商来自97个不同的国度。投洽会,已经成为世界资本的盛筵。

2002年9月8日上午,厦门国际会展中心沉浸在节日的喜庆里,第六届中国投资贸易洽谈会开馆式在这里隆重举行。

组委会副主任、贵州省副省长陈大卫主持开馆式。坐在主席台上的嘉宾们不时亲切地交谈,轻松愉快的表情透露出对中国唯一以促进中国与境外直接、双向投资为宗旨的全国性国际投资促进活动的信心。

9时8分,时任中共中央政治局委员、国务院副总理的钱其琛手持"金钥匙"揿动按钮。随着"砰"的一声，展馆主礼台上方喷出亮丽耀眼、五彩缤纷的彩条、礼花与各色气球，缓缓洒向欢呼的人群。此时礼炮齐鸣，预示着本届投洽会的热烈、圆满和成功。

会展中心俨然成了欢乐的海洋，资本盛宴开张了！

伴着嘉宾们的阵阵欢呼和军乐队演奏雄壮欢快的《歌唱祖国》乐曲，以吸收外商直接投资为主的全国性国际投资促进活动，第六届中国投洽会在厦门国际会展中心正式开馆。

美丽的鹭岛，秋风送爽，中国加入世贸组织后首次举办的、唯一以吸收外商直接投资为主的全国性国际投资促进活动，第六届投洽会，引来宾朋齐聚，共襄盛举。

中共中央政治局委员、国务院副总理钱其琛，国务院副秘书长崔占福、外经贸部部长石广生、国务院台办主任陈云林、国家信息产业部部长吴基传等国家有关部门领导，福建省省长习近平、投洽会各成员单位领导和兄弟省、市领导参加了投洽会的开馆式。

与会领导与嘉宾亲切交谈，传达出中国将以更加积极的姿态走向世界的信息，以继续推进全方位、多层次、宽领域的对外开放，为外商来华投资提供更宽阔的空间，创造更多更好的机遇。

苏丹国际合作部部长尤素夫、著名经济学家约翰·哈里·邓宁先生、摩托罗拉资深副总裁吉恩·戴莱尼先生、英中贸易协会主席鲍威尔先生、怡和集团总裁韦德乐先生、经济合作与发展组织副秘书长近藤诚一、联合国工发组织首席顾问等海内外嘉宾出席了开馆式。

会展中心广场上，鲜花绽放，彩旗缤纷。长廊上空，各国国旗在微风中轻轻飘扬。

本届投洽会吸引了来自欧、美、日、韩、非洲、东南亚等近100个国家和地区的客商。

参会的主要有联合国工发组织、联合国贸易发展署、经合组织和世界投资促进机构协会等4个国际组织的代表团，加拿大、英国、日本、俄罗斯等47个国家政府代表团，澳洲昆士兰州、日本佐世保等16个国际友城代表团，美国商会、德国工商会、香港总商会、台北市商业会等90多个商协会代表团，以及58个投资中介机构和企业代表团等在内的各类团体代表团240多个，为历届之最。

本届投洽会为"入世"后中国首次全国性国际投资促进活动，境外客商参会踊跃，且到会客商团组档次规格比较高。

柯达、摩托罗拉、巴特勒、埃克森美孚、通用电器、怡和集团、松下电工、光大利克、日立、东芝等20多家跨国公司也蜂拥投洽会，会场专门设立了跨国公司展区和境外企业展区。

大会还吸引了30多个国家和地区的政府投资促进机构，以及众多的国际经济组织、国际投资促进机构前来举办不同形式的招商说明会和推介会。

开馆仪式前一天晚上，投洽会组委会还在会展中心举行开幕晚宴,中共中央政治局委员、国务院副总理钱其琛及夫人周寒琼出席开幕晚宴。

参加晚宴的还有国务院副秘书长崔占福、外经贸部部长石广生、国台办主任陈云林等国家有关部委办领导,全国各省、市、自治区的领导,部分外国驻华使领馆和我国驻外使领馆官员,以及来自海内外的各位嘉宾。

福建省省长习近平,外经贸部副部长马秀红,福建省委常委、厦门市委书记郑立中分别致辞。江苏省副省长王荣炳主持了开幕晚宴。代表东道主致辞的福建省省长习近平指出:

本届投洽会是中国加入世贸组织后首次举办的全国性国际投资促进活动,将成为客商充分展示自身优势的平台。

开馆仪式前,钱其琛在崔占福、石广生、陈云林、习近平等国家有关部委办和各省、市、自治区领导的陪同下,又巡视了展馆。

开馆仪式后,与会嘉宾兴致勃勃地参观了精彩纷呈的展馆。在装饰得十分醒目的公共展区内,朱红色的"紫禁城门"全面敞开,"城门"上,6片"祥云",象征着投洽会永远吉祥如意。

这一切表明,加入世贸组织后,中国进一步敞开胸怀拥抱世界,世界也更加看好中国。仅2002年1到7月份，中国实际利用外资达到 306.4 亿美元，比上年同期增长 20.7%。

随着加入世贸组织后中国服务贸易领域的进一步对外开放，"引进来""走出去"战略深入实施，全国统一市场逐步形成，投资环境大举改善，外商对华投资信心不断加强，中国越来越成为全球投资的热土。

一年一度在厦门举办的投洽会，规模一届比一届大，档次一届比一届高，成效一届比一届好。

外经贸部办公厅副主任、本届投洽会组委会新闻发言人姚申洪称，投资贸易洽谈会是中国当时唯一以促进中国与境外直接、双向投资为宗旨的全国性国际投资促进活动。

投洽会由"投资促进展览""国际投资论坛""多边投资洽谈"三大主要活动构成，主要邀请中国及世界各地的政府及半官方投资促进机构、寻求投资合作的各类企业前来参展参会。

已经成功举办的前五届，取得了丰硕的洽谈成果，共有 98 个国家、地区的客商与会，共签订各类投资合作项目 10536 个，合同外资金额达 565 亿美元。

可以说，作为中国对外开放战略的重要布局，投洽会已成为中国利用外资最重要的桥梁，成为外国企业进入中国市场或寻求与中国企业经贸合作的最佳平台。

第六届中国投资贸易洽谈会由中国外经贸部主办，福建省和厦门市人民政府承办，世界投资促进机构协会首次参与协办，深圳的加盟使得成员单位扩大到45个。大会各项组织更加务实、高效，会期为9月8日至11日，从往届的5天压缩到4天。

总部设在瑞士的世界投资促进机构协会正式成为第六届投洽会的协办单位，并积极邀请其130多个国家和地区的投资促进机构成员组团到会，进一步扩大了大会的国际影响力，使投洽会朝着国际投资博览会的方向迈进。

第六届投洽会具有诸多亮点，而国际性是其主要闪光点，境外投资机构和企业参展均创下历届之最。本届投洽会突出"引进来"和"走出去"两大主题，全面宣传中国吸收外资最新政策、导向及法规，进一步促进外商来华投资。积极推进"走出去"战略的实施，正确引导中国企业到海外投资。

走进中心展区，在开启着的朱红城门的映衬下，"第六届中国投资贸易洽谈会"几个大字抢入眼帘，意味着加入世界贸易组织后，中国这个古老的国度正在以昂扬的姿态全面迎接对外开放的春风。

本届投洽会展馆分A、B、C、D、E 5个展厅。在E展厅首次设立了上市公司暨品牌企业馆和投资服务馆，以展示各类上市公司、品牌企业、产品和投资合作项目、与投资相关的服务项目及机构的形象，促进洽谈合作，展位面积约6000平方米。

馆内设有7个专业展区。新设的服务贸易展区令人瞩目,它主要展示我国加入世贸组织后所开放服务领域的市场状况和相关法律、法规及部分重点城市的准入条件、申办流程并提供咨询服务。工作人员说:"我们是为高科技及专利项目、人才智力、金融等服务行业的对外开放'牵线搭桥'呢!"本届投洽会还在 E 厅首次设立了上市公司暨品牌企业馆和投资服务馆,进一步突出了展览的专业性。

本次投洽会上,在境外馆设立展台的海外机构近几十家,许多展位的工作人员是地地道道的老外。荷兰和埃及的展位挨得很近,工作人员的皮肤一黑一白给人留下了深刻印象。

在荷兰展台,一位叫兰博瑞的荷兰小伙子说着一口流利的普通话。他说中文是在荷兰大学学的。此次是他们自己要来的,主要推介荷兰贸促会及其在中国各地的办事处。

由香港贸发局特设的"香港企业商贸网"服务平台,吸引了众多寻找商机的客商,前来咨询和登记的客商络绎不绝。来自陕西宝鸡的魏先生说,"商贸网"内容丰富,有采购指南、商贸配对,还有商贸关系、展览情报,是内地中小企业物色贸易伙伴、寻求发展机遇的平台。他说,此次厦门之行是专门为其弟寻求商机的。其弟开办的一家鞋厂,由于缺乏资金和技术,无法将鞋厂做强做大,希望通过该网进行融资和配对。

组委会针对大家关注的热点问题,安排了一系列专题研讨活动。根据投资者关注的热点投资领域，挑选并向与会者推介上万个投资项目。通过各种方式为与会各方洽谈投资事宜创造良好的环境，提供全方位的服务。

本届投洽会加大了商业化运作力度，部分研讨会或论坛交由企业或中介机构操办。这些企业或中介机构办研讨会，选题针对性强，有意参加者须先买票，票价从几十元到数百元不等。投洽会会务组组长、厦门投资促进中心常务副主任郑智表示，商业化运作还只是尝试，今后将继续进行探索。

在本届盛会期间，外经贸部以"国际投资创造竞争优势"为主题，举办"2002国际投资论坛"，以"引进来"和"走出去"为主题，举办了28场专题研讨会。

国际投资论坛和系列研讨会，紧紧围绕双向投资和行业招商主题，研讨内容与展览展示有机结合。

国际投资论坛已经成为投洽会的一块"金字招牌"。本届论坛的主题为"国际投资创造竞争优势"。外经贸部部长石广生、苏丹国际合作部部长尤素夫、英中贸协主席鲍威尔勋爵、著名经济学家邓宁、摩托罗拉公司董事长兼CEO高尔文、怡和集团总裁韦德乐、经济合作与发展组织副秘书长近藤诚一等分别在论坛发表演讲。

投洽会是国际资本进入中国的一扇窗口，同时也是中国资本输出和中国企业走向世界的一座桥梁。大会组织的27场"走出去""引进来"系列论坛、研讨会，层次更高，规模更大，涉及领域更广泛，内容也更丰富，是世界各国客商充分了解中国及世界经济发展趋势，中国鼓励外商投资的政策、环境和市场信息，合理选择投资方向的信息平台，同时也是中国企业开阔视野，把握市场动态、了解国际资本流向，科学选择招商项目，正确推进海外投资的重要渠道。

中共中央政治局候补委员、国务委员吴仪并没有出席本次在厦门举行的中国投资贸易洽谈会，但作为主管外经贸工作的官员，她非常关注本次活动，并在"'2002'国际投资论坛"上让外经贸部副部长马秀红代表她作书面演讲。

吴仪指出，作为世贸组织的正式成员，中国政府严格履行对外承诺，有步骤地扩大对外开放领域，降低关税水平，取消非关税壁垒。并在完善法制、整顿和规范市场经济秩序，创造公开、透明、可预见的市场环境方面，做了大量工作。

参加中国投资贸易洽谈会的外经贸部部长石广生表示，在继续积极"引进来"的同时，中国正在加快实施"走出去"战略，鼓励有条件的中国企业到境外开展工程承包、投资办厂和共同开发资源。

境外资源开发合作取得初步成效，油气、矿产、林业、渔业等境外资源合作项目运作良好，经济效益逐步显现。中国企业在境外设立研发中心、开展农业合作等方面也已起步并取得一定进展。

第六届投洽会组委会主任、福建省省长习近平表示，投洽会已成为福建和厦门的知名品牌,为直接双向投资提供了一个平台,为国际资本进入中国提供了一个渠道。福建每年引进外资,约一半金额是在投洽会上引进的。

习近平指出,投洽会办了这么多年,接待境内客商近5万人,境外客商近1万人,他们没有效益不会来,福建厦门没有效益不会办。福建省副省长曹德淦说,投洽会是中国最新投资政策的发布平台,将进一步办成国际投资博览会,将来会永远办下去。

厦门代市长张昌平表示,厦门和金门近在咫尺,两岸人民血脉相连。尽管受到台湾当局限制,金门与厦门的民间交流和经贸交流仍十分紧密,当时实行个案通航、客轮通航,两岸人民希望把个案通航变成通案通航,这是两岸民众的呼声。

福建省台办主任梁茂淦表示,实现"三通"是我们的愿望,为此福建做了大量的准备工作,现在是"万事俱备,只欠临门一脚"。他说,在福建投资的台商也非常迫切希望实现"三通"。

9月11日,作为中国最大的吸引外资招商平台,第六届中国投资贸易洽谈会圆满落幕。这次投洽会有110多亿美元的外资"进账"。

从9月8日到11日短短4天内,投洽会共签订投资合作项目1841个,总投资金额136亿美元,利用外资112亿美元,其中合同项目1100多个,利用外资金额逾50亿美元。

从投向上看，工业项目占较大比重，高新科技项目、房地产、旅游项目也有较大增长。从签约的投资国别和地区看，仍以港澳台商为主，但是欧美客商签约较去年有所增加。

从签约项目的规模看，大中项目比重有所提高，1000万美元以上的合同项目近200个，总投资额约43亿美元，合同外资金额34.7亿美元。此外，本届投洽会还签订了进出口贸易额6亿多美元。

投洽会作为中国最大的投资促进活动，已在海内外具有较高的知名度。国家邮政局于本届投洽会开幕当天发行了《中国投资贸易洽谈会》纪念邮资明信片一套一枚，发行量为350万枚。明信片选用厦门国际会展中心为主图，邮资图案为投洽会"金钥匙"的红色标志。

第七届进行外商项目对接洽谈

2003年9月8日9时8分,中共中央政治局委员、国务院副总理吴仪高高举起万商瞩目的"九八"金钥匙,为第七届投洽会开馆。

刹那间,展馆大堂上空飘洒下红、蓝、紫、黄等彩色气球,人群中一片欢腾,厦门国际会展中心前广场成了一片欢乐的海洋,锣鼓声声,龙腾虎跃,一派喜气洋洋。投洽会在热闹与欢快中正式开馆。

出席开馆式的贵宾有:香港特别行政区行政长官董建华、澳门特别行政区行政长官何厚铧、美中全国贸易委员会主席柯白等。开馆式由商务部副部长马秀红主持。

出席开馆式的还有国务院有关部门的领导、31个省市自治区的领导、投洽会45个成员单位领导和来自加勒比海八国的部长们、来自58个国家和地区的政府要员、工商金融界人士,还有来自中国内地、香港、澳门、台湾的工商企业家们。

在第七届中国投资贸易洽谈会开馆的前一天,国务院副总理吴仪在厦门分别会见了率团前来参加第七届中国投资贸易洽谈会的香港特别行政区行政长官董建华和澳门特别行政区行政长官何厚铧。吴仪表示,中央政府十分关注港澳地区的发展,坚决支持特区政府依法行政,积极推进内地与港澳地区建立"更紧密经贸关系安排"的启动和实施。

吴仪在会见董建华时说，内地与香港经贸关系十分密切，互动性强，自《内地与香港关于建立更紧密经贸关系的安排》签署以来，内地各有关部门正在积极推进相关工作，以确保2004年1月1日"安排"顺利实施，中央政府将全力支持在董建华领导下的特区政府为香港经济发展和社会稳定所做的努力。

吴仪在会见何厚铧时说，当时澳门经济和社会发展态势良好，中央政府已于6月20号启动了《内地与澳门关于建立更紧密经贸关系的安排》的磋商。"安排"充分考虑了澳门的实际，磋商正在顺利进行。吴仪表示，"安排"是中央政府为支持港澳地区经济发展所采取的重大举措，并将对内地和港澳的经济发展与经贸合作产生积极而深远的影响。

董建华和何厚铧均表示，"安排"极大地增强了港澳对发展经济的信心。他们一致表示，要抓住机遇通过自身努力，促进港澳经济和社会的繁荣与稳定。

9月7日下午，福建省委副书记、省长卢展工在悦华酒店分别会见了前来参加第七届投洽会的香港特别行政区行政长官董建华和澳门特别行政区行政长官何厚铧。

在会见董建华时，卢展工说，福建和香港交往有着很深的渊源，香港同胞当中有100万是福建籍的乡亲。希望今后进一步加强闽港两地经贸合作，促进双方的优势互补，互惠互利。

董建华表示将鼓励更多香港企业到福建投资，同时也希望福建的企业也能积极走出去，到香港发展。

在会见何厚铧时，卢展工说，福建与澳门的交往历史渊源悠久，澳门人口当中有四分之一是福建籍的乡亲，每年福建到澳门旅游人数也达到了10多万人。澳门的发展是福建构筑对外开放的重要平台，希望今后双方进一步加强交流合作。

何厚铧希望福建今后能充分利用澳门这个平台，进一步加大对外开放力度。

9月7日晚，在厦门国际会展中心，隆重举行了投洽会开幕晚宴。中国政协副主席张克辉，中国有关部委、各省、市、自治区领导，部分外国驻华使领馆及中国驻外使领馆官员和来自海内外的嘉宾欢聚一堂。开幕晚宴由组委会副主任、山西省副省长宋北杉主持。

中国商务部部长助理陈健首先致辞。他说，本届投洽会是展示中国进一步扩大开放的形象、促进中国与世界各国经济合作的舞台，同时也是中国在抗击非典取得阶段性胜利后举办的一次经贸盛会，具有特殊的意义。积极实施"引进来"和"走出去"战略，是本届投洽会的两大主题和最大特点。

在开幕晚宴上，福建省省长卢展工说，作为东道主，我们将全力保障，真诚服务，确保投洽会顺利进行。

第七届中国投资贸易洽谈会由中华人民共和国商务

部主办，福建省人民政府、厦门市人民政府和商务部投资促进事务局共同承办，联合国贸发会议、世界投资促进机构协会参与协办。

31个省、市、自治区的政府相关部门和众多企业组团与会，来自五大洲42个国家和地区的投资促进机构踊跃参展，展示各自投资环境和引资项目。

本届投洽会创下的3个"首次"令人关注：联合国贸发会议首次在此发布世界投资年度报告，联合国贸发会议、世界投资促进机构协会首次参与协办投洽会，投洽会首次举办外商项目对接洽谈。

开馆式当天上午，省长卢展工先后会见了美国商会亚洲事务委员会联席主席、美国安利公司全球事务副总裁侯力威先生一行和华商团组主要负责人。下午，卢展工与董建华、何厚铧话别。当天下午，省领导卢展工、黄瑞霖、黄小晶、朱亚衍、郑立中与香港福建同乡会代表团同唱《爱拼才会赢》。

本届投洽会是中国在抗击非典取得阶段性胜利后举办的一次经贸盛会，具有特殊的意义。在为期4天的会期内，将举办30多场特色鲜明的研讨会，不但在数量上创历史新高，而且在层次、规模、领域和内容等方面也较往届更上一个台阶。

投洽会组委会新闻发言人表示，虽然受到非典疫情的不利影响，但今年境外客商团组数量与去年相比反而有所上升，且到会客商团组档次规格比较高。

本届投洽会着力打造国家品牌、塑造国家形象，孕育着无限商机，这年海内外客商参展参会热情空前高涨，投洽会的规模进一步扩大，规格档次进一步提高。

本届投洽会共设1500个展位，来自全球40多个国家和地区的机构和企业到会参展，其中有300多家跨国公司、上市公司、品牌企业，27个国际友城、60多家境内外金融机构。客商参会情况也超过了预期，参会的境外客商就达到9000多人，均超过了历届。

本届投洽会展馆分设成员单位招商馆、境外馆、投资服务馆、品牌企业馆4个展馆。

在投资服务馆扩大设置金融机构展区，加挂"国际金融、证券及保险业展览会"名称，以推动新开放领域的吸收外资工作。成员单位招商馆共有38个成员单位设展。

境外馆主要组织邀请世界各国和地区政府或半官方引资机构、国际投资促进机构、国际经济组织以及国外友好州市、国外商会等中介机构、跨国公司和境外各类制造商参展，设有境外投资促进机构展区、国际友好州市展区和跨国公司及境外企业展区3个展区，其中境外投资促进机构展区有英中贸协、瑞典投资促进署、日本贸易振兴会、香港贸发局、新加坡商会、丹麦投资促进局、阿联酋杰伯拉里自由贸易区等机构参展。

国际友好州市展区有日本冲绳，美国俄勒冈，德国莱法州，印尼巨港市，日本福冈市、佐世保市、兵库县，乌克兰敖德萨州、美国巴尔的摩、澳大利亚马卢奇郡、新西兰惠灵顿等参展；境外企业展区有柯达、佳能、佳通、松下电工、巴特勒、林德叉车、灿坤等参展。

投资服务馆设有金融证券保险机构展区、网络及中介机构展区。其中，金融机构参展的有美国纳斯达克、美国纽约证券交易所、英国伦敦、加拿大多伦多、香港联交所、印度国家银行等。

网络信息及中介机构展区参展的有：北京新浪、阿里巴巴、日中经济投资信息咨询顾问有限公司等。品牌企业馆设有品牌企业展区和高科技及专利产品展区。宝钢、东南汽车、厦华等知名企业都在这个展馆内订了大量展位。

在当年的投洽会的境外展馆，有许多国家的政府代表团和境外客商纷纷登台亮相，他们在各自的展台上以各种形式向中国的企业大力宣介他们的招商引资项目，这成为本届投洽会的一大看点。

8日9时30分，英国展馆举办了气氛热烈的剪彩仪式。像这样大张旗鼓地宣传自己的境外展位的在本届投洽会上有很多，无论是举行展位剪彩还是展台上大型的宣传标语，都让人们强烈地感受到，许多国家和地区不约而同地向中国企业张开怀抱，他们热切希望借投洽会这扇窗口，诚邀中国企业踏上到异国投资与合作经营的征程。

日本贸易振兴会北京事务所所长江原规由说，促进中国企业向日本投资，这是第一次以这个为主题。

瑞典投资促进署大中国区首席代表陈永岚说，瑞典投资促进署的署长、瑞典驻华大使和驻广州总领事都来参加这个活动。厦门"九八"在"走出去"和"请进来"这两个角度有很强的国际性和权威性，陈永岚希望能够有深层次具体合作项目。

马来西亚槟州槟岛市是厦门市的国际友城，槟州首席部长许子根博士率46人的代表团参加了本次投洽会，并设了两个展位，他们也是奔着招商来的，主要招商项目为教育和旅游。

设在D厅的投资服务馆以投资服务合作为目的，没有豪华造型，但是每个展位都特意突出自己的品牌标志，突显出金融机构的服务宗旨。而占了整个展厅五分之二的成员单位招商馆也是"八仙过海"，呈现出了浓郁的地域色彩，来自全国各地的参展单位无不希望借助"九八"的金钥匙打开招商引资的大门。

成员单位由于年年参加"九八"，在布展思路方面已经非常成熟。作为东道主，福建馆和厦门馆位于展厅的最西头，这两个馆的设计可以说是各有特色，走进福建馆，各个地市的风土人情、自然风貌、投资热点一目了然。

本次投洽会福建推出的主要是涉及基础设施建设、石化和机械制造三大支柱产业的项目，而这些主要的项目，比如全长315公里的温福铁路以及省内的铁路和高速公路项目等,展馆里都做了详细的介绍。

厦门馆从外观上就与众不同,纯蓝的色调给人以生机勃勃之感,厦门的支柱产业是电子信息和机械制造,前一年这两个产业分别占了整个工业总产值的 40% 和 23%,本次投洽会在这个产业方面推出的项目比较多,而在基础设施方面厦门也重点推出了厦漳跨海大桥等 12 个项目。

如果说厦门展馆是现代派的典型代表的话,那么,安徽馆则体现的是传统,整个展馆就是一幢精致的安徽民居,一间间的房门也各有特色,参展客商如果挨个逛过去的话,安徽各个地市的招商代表就在里面等着。

内蒙古馆的设计主题鲜明,一个 T 型台,一帮模特小姐,再加上动感十足的音乐,自然能吸引众多的观众,鄂尔多斯等知名品牌自然过目不忘。

也有的展馆设计特别简洁,上海馆就几乎被电视屏幕所包围,上海的风情以及各个投资项目的情况一目了然。新疆馆的设计并不复杂,中间的设计象征民族大团结,他们此次带来了包括工业、农业、服务业、基础设施等近 400 个项目。

本届投洽会继续举办国际投资论坛,主题为"完善投资环境,创造竞争优势"。香港特别行政区行政长官董建华、澳门特别行政区行政长官何厚铧、商务部部长吕福源、巴巴多斯工业与国际商业部部长马歇尔、美中贸易全国委员会主席柯白、英国国际贸易署署长布朗爵士、巴斯夫公司总裁赫斌杰、欧倍德集团总裁吉傲迪等在论坛发表演讲。联合国贸发会议在《世界投资报告》发布会上，对当时国际直接投资形势和趋势做出评估。

此外，本届投洽会期间还举办30多场特色鲜明的研讨会，主题涉及我国加入世贸组织后的法规和政策、外经贸政策、物流、贸易反倾销、区域经济合作、跨国并购领域，以及拉美国家投资环境和政策介绍等。

与往届相比，本届论坛和研讨会数量创历史新高，在层次、规模、涉及领域和内容四大方面也较往届更上一个台阶，成为了解中国及境外有关国家和地区最新投资政策、投资环境以及国际资本流动新趋势的重要平台。

中国投资贸易洽谈会是中国唯一的以促进中国与境外直接、双向投资为宗旨的全国性国际投资促进活动。

中国加入世贸组织以后，改革开放进入了新的发展阶段，中国全方位、多层次、宽领域对外开放。2002年，中国对外贸易排名位居世界第五，吸收外商对华直接投资位居全球第一，吸收外资连续9年居发展中国家之首。

本届投洽会作为"非典"在中国得到有效控制之后举办的第一个规模最大的全国性国际投资促进活动，中国充分利用新的契机，更多更好地吸收利用外资，进一步加大对外经贸合作，把因"非典"造成的损失降至最低，为下一年的招商引资工作打下良好基础。

第七届中国投资贸易洽谈会在顺利完成各项议定活动后，于11日下午降下帷幕。

据统计，本届投洽会共签订投资项目1720个，总投资金额176.23亿美元，利用外资126.89亿美元，进出口贸易成交总额2.38亿美元。

作为中国最重要的国际投资促进活动，本届投洽会吸引了来自全球102个国家和地区的11781位境外客商参会。其中有58个国家和地区组织了240个境外客商团组参会，包括两个国际组织代表团，38个政府机构代表团，8个国际友城代表团，86个跨国公司代表团，89个商协会代表团，17个投资中介组织代表团。

本届投洽会来自欧盟、美加和日韩的客商人数，分别比上届增长66%、45%和13%。这表明发达国家仍然看好中国市场的发展前景。而香港参会客商的大幅度增加，则说明《内地与香港关于建立更紧密经贸关系的安排》签订之后，更多的香港客商关注内地。

投洽会吸引更多客商参与以及受到众多工商界高层人士的关注，不仅说明投洽会蕴涵的商机受到全球工商界的广泛认可，同时也表明，2003年春季突如其来的非典型肺炎疫情，并没有影响全球商家投资中国的热情。

第八届鼓励跨国直接投资

金秋送爽,万商云集。

2004年9月7日晚,第八届中国投资贸易洽谈会开幕晚宴在厦门国际会展中心隆重举行。国家有关部委、各省、自治区、直辖市的领导,来自海内外的各位嘉宾欢聚一堂,共同预祝投洽盛会的胜利召开。

投洽会带来无限商机,金钥匙开启美好未来。这次盛会与往年不同的是,盛会正值纪念中国改革开放的总设计师邓小平诞辰100周年之际,而且我国的对外开放迈上了新的台阶,全国进出口贸易额当年可实现1万亿美元,累计合同利用外资逾一万亿美元。

本届投洽会组委会主任、福建省委代理书记、省长卢展工在开幕晚宴上致辞说,作为东道主,福建省和厦门市将真诚服务,全力保障,确保投洽会顺利进行。

商务部副部长张志刚代表中国商务部及第八届投洽会组委会,向出席晚宴的世界各国和地区的来宾,表示热烈的欢迎和衷心的感谢。

张志刚说,本届投洽会继续围绕着"引进来"和"走出去"两大主题,全面宣传外商投资政策法律和投资环境,同时积极推进国内企业、官员的交流,加深了解,探讨合作。突出全国性,突出双向投资促进,突出国内外投资者关注的热点问题是本届洽谈会的最大特点。

开幕晚宴由投洽会组委会副主任、青海省副省长徐福顺主持。

当晚,投洽会组委会还在厦门人民会堂、厦门宾馆和金雁酒店举行欢迎酒会,宴请海内外客商及各界来宾。

江西省副省长赵智勇,组委会副主任、海南省委常委、常务副省长吴昌元,组委会副主任、辽宁省副省长李佳分别代表大会组委会致祝酒词。他们在致辞中说,本届投洽会的成功举办,对我国扩大利用外资,促进全方位对外开放,对加强国际经济交流与合作,增进彼此间的友谊,必将产生积极的影响。

欢迎酒会分别由商务部外资司副司长尤小春、商务部投资促进事务局副局长顾杰、商务部合作司副司长赵闯主持。

鼓乐齐鸣迎贵宾,万商云集觅商机。9月8日9时8分,随着中共中央政治局委员、国务院副总理吴仪启动熠熠生辉的象征中国投资贸易洽谈会的"金钥匙",彩球打开,五彩缤纷的礼花飘然而下,第八届中国投资贸易洽谈会在厦门国际会展中心拉开了帷幕。

澳门特别行政区行政长官何厚铧,福建省代理书记、省长卢展工等领导,以及国务院各部门领导和来自100多个国家和地区的海内外客商参加了开幕式。

开幕式后,福建省代表团举行了福建省外商投资项目签约仪式。

第八届投洽会由中华人民共和国商务部主办，联合国贸发会议、联合国工发组织、国际金融公司、世界投资促进机构协会协办，福建省人民政府、厦门市人民政府和商务部投资促进事务局共同承办，31个省、市、自治区政府和部分计划单列市，国家有关部、委、办、局、商协会作为成员单位组团参会参展。

十万名境外客商汇集厦门，共同参加这一资本盛宴，与往届相比，本届投洽会境外政府机构、跨国公司参展空前踊跃。

本届投洽会共计有来自英国、法国、瑞典、澳大利亚、韩国、也门、沙特、芬兰、香港等50多个国家和地区的300多个客商团组前来参加，境外到会客商超过1万人，比上届增加近两成。

与往届相比，本届投洽会境外政府机构参展空前踊跃，43个国家和地区政府及22个国际友城在本届投洽会参展，加拿大、法国、瑞典、古巴、墨西哥、印尼等9个国家和地区还举办"馆日"活动，部分展团还在大会期间举行专场投资环境说明会和推介会。同时，柯达、日立、巴特勒、宏泰、灿坤等30多家跨国公司也前来参展。

本届投洽会将设1500个国际标准展位，分成员单位招商馆、境外馆、投资服务馆和品牌企业馆4个展区。成员单位招商馆共有37个成员单位设展，境外馆包括43个国家和地区的政府、投资促进机构、商协会、国际友城、境外企业参展，投资服务馆为金融机构、投资服务和投资中介机构参展，品牌企业馆供境内外有一定知名度的公司宣传品牌，展示形象和产品。

作为中国唯一的全国性国际投资促进活动的投洽会举办8年来，其内涵不断丰富和深化。投洽会已从过去单纯吸引外资为主，发展成为促进中国与境外双向投资的重要平台。

一方面，我国广泛邀请境外投资商利用这一平台，了解中国的投资环境和招商项目，洽谈探讨开展投资合作的可行性。据统计，前七届投洽会累计签订投资合作项目1.3万个，合同外资金额700多亿美元。

另一方面，组委会也广泛邀请境外国家和地区政府招商部门和投资促进机构，在投洽会期间向中国企业展示和介绍他们的投资环境，举办投资政策说明会和项目推介会，吸引中国企业前去投资。

投洽会这种双向的功能越来越受到境内外客商的欢迎，也成为其自身的一大特色。本届投洽会既是境外投资商了解中国投资环境和招商项目的途径，也是境外国家和地区政府向中国企业展示和介绍他们投资环境的舞台。

投洽会期间，举行1800场次的"引进来"项目对接洽谈，600场次的"走出去"项目洽谈，400场次的国内投资合作项目洽谈。

商务部将继续举办国际投资论坛，本次论坛的主题是"鼓励跨国直接投资、促进经济共同繁荣"。

此外,投洽会期间,商务部、组委会和成员单位还将围绕"引进来"与"走出去"、知识产权保护、国家级经济技术开发区20周年、东北老工业基地振兴等热点问题举办58场论坛和系列研讨活动。此外,还有成员单位的地市和境内外企业举办的推介会、"馆日"等各类活动近150场。

而作为中国投资贸易洽谈会的成员单位和中国最大的贸易与投资促进机构,中国贸促会将组织和参与安排五项活动:外商对华投资项目行业对接会、第三届国际友好商会合作圆桌会议、中国—新加坡企业家对口洽谈及开通中新商务信息网、古巴商业机遇研讨会及中古双边企业家理事会第二次会议、投资加拿大论坛暨投资合作洽谈会。

吴仪在投洽会国际投资论坛午餐会上发表题为"鼓励跨国投资,扩大互利合作"的主旨演讲。她说,外商投资加速了国内国外两种资源和两个市场的融合,带入了现代管理经验和市场营销理念,引进了大量资金、适用技术,增强了自主研发能力,培养了大批人才,创造了更多的就业机会,增加了国家税收和外汇收入。

开馆仪式前,在国家部委办、省市领导的陪同下,吴仪巡视了投洽会展馆。

9月11日下午,第八届中国投资贸易洽谈会在厦门成功降下帷幕。本届投洽会共吸引了来自全球118个国家和地区的1.2万名境外各界人士参会。除了37个成员单位和国内企业参展外，本届投洽会还有来自43个国家和地区的政府部门、商协会和企业参展，展览面积3.3万平方米。

据统计，本届投洽会各成员单位在签约中心共签订各类投资项目1496个，总投资金额149.04亿美元，利用外资115.84亿美元。其中合同项目1110个，总投资101.92亿美元，利用外资81.22亿美元。进出口贸易成交总额1.76亿美元。

第九届论坛鼓励科技创新

2005年9月8日上午,第九届中国国际投资贸易洽谈会和亚欧会议贸易投资博览会同时在厦门开幕,中共中央政治局委员、国务院副总理曾培炎出席开幕式,并启动开馆金钥匙。

第九届投洽会由商务部主办,联合国贸发会议、联合国工发组织、经济合作与发展组织、世界银行国际金融公司、世界投资促进机构协会等5家重要国际经济组织协办。

福建省人民政府、厦门市人民政府和商务部投资促进事务局共同承办。31个省、自治区、直辖市,部分计划单列市,国家有关部门和部分国家商协会作为成员单位组团参会参展。

投资促进机构协会是投洽会新增协办单位。本年度瑞典是世界投资促进机构协会主席国,中国是该协会的副主席国。瑞典政府投资促进署署长贺瑞凯表示,通过与大会组委会密切合作,将厦门国际投洽会提升为推动促进国与国之间双向贸易交流与投资的重要国际性平台。

亚欧会议贸易投资博览会是中国倡议召开的。亚欧博览会也是由中国商务部主办,亚欧会议39个成员方参展或参会。亚欧博览会的召开有利于增进亚欧国家之间的了解，扩大亚欧国家间的贸易与投资合作。

来自美国、加拿大、德国、瑞典等90个国家和地区的350个境外客商团组参加此次投洽会，规模超过了上届。

第九届投洽会共设1500个国际标准展位，设有成员单位招商馆、境外馆、投资服务馆、品牌企业馆和旅游招商馆。新设立世界投资促进机构协会成员展区、旅游招商展区、亚欧会议成员展区。

境外政府机构和企业参展空前踊跃，共60个国家和地区的政府机构参展，参展国家和地区数比上届增加17个。

项目对接会当时共收集境内外投资项目1.7万多个，来自31个省、区、市、部分计划单列市及国家有关部门、部分国家商协会作为成员单位组团参会参展，共征集投资项目1.6万个。

外商对华投资项目对接有240家境外投资商参会洽谈，国内投资项目对接会有118家大型国内企业代表参会洽谈。

本次会议期间，部分参展国家和地区政府在大会期间举行专场投资环境说明会和推介会，泰国、奥地利、德国、西班牙等20个亚欧会议成员共同举办一场持续两天的投资说明会。瑞典、波兰、比利时、丹麦、加拿大、意大利、香港、澳门等举办了馆日活动。

本届投洽会吸引了包括柯达、巴特勒、ABB、怡和等知名跨国公司在内的400多家不同行业的企业参展。商务部同时举办了国际投资论坛，本次论坛的主题是：鼓励科技创新，促进共同进步。

此外，大会期间围绕当时投资的热点问题举办的系列研讨活动共59场。与大会同期举办的还有"亚太经济合作组织知识产权高级研讨会"等重要活动。

投洽会开馆的前一天下午，福建省委书记卢展工、省长黄小晶在厦门会见了澳门特别行政区行政长官何厚铧。

卢展工欢迎何厚铧第三次率团参加投洽会。他说，福建的发展一直得到澳门特区政府的大力支持，一年来，闽澳合作在原有基础上又有新发展，取得了明显成效。

何厚铧则表示，福建省委、省政府和福建乡亲一直支持澳门特别行政区的工作，澳门将进一步凭借自身的优势，为海峡西岸经济区的建设发挥更大作用。

百花献瑞喜迎宾，火树银花厦金情。9月7日晚，为庆祝第九届投洽会，在厦门国际会展中心东侧广场，举行了主题为"中国心·海峡情"大型焰火文艺晚会，与厦门隔海相望的金门也燃放焰火共同庆祝"9·8"投洽会。

中共中央政治局委员、国务院副总理曾培炎，国务院副秘书长汪洋，国务院国有资产管理委员会主任李荣融，新党主席郁慕明，两岸共同市场基金会董事长萧万长，联合国工发组织副总干事温戴里，国际经济合作与发展组织副秘书长海克林格，世界投资促进机构主席贺瑞凯等，和前来参加投洽会的海内外嘉宾，观看了精彩的焰火文艺晚会。晚会开幕式由市长张昌平主持。

曾培炎、李荣融和福建省委书记卢展工、福建省省长黄小晶等共同启动了晚会焰火按钮。只见九道白光如响箭鸣笛横贯夜空，随着威风八面的锣鼓声响起，姹紫嫣红的焰火在夜空绚丽绽放，在观众的热烈掌声和欢呼声中，"会写字"的焰火在夜空中"画"出了金光灿灿的"九八金钥匙"。

这是厦门首次以燃放焰火的形式迎接投洽会。长达90分钟的大型晚会，焰火燃放与精彩的文艺演出交相辉映，营造出"太平盛世今胜昔，火树银花不夜天"的动人场景，展现了厦门实施新一轮跨越式发展战略，推进海峡西岸经济区建设，做强做大经济特区，促进经济和社会全面协调发展、构建和谐社会、创建文明城市的勃勃生机和崭新风貌，表达了两岸人民盼统一、盼团圆的美好心愿，体现了厦门人民热忱欢迎海内外宾客，举全市之力办好投洽会的姿态和气势。

整台晚会分为"喜迎嘉宾""鹭江潮涌""海峡春风""华夏腾飞""五洲欢歌"等5个乐章，合唱交响《春天的故事》、舞蹈《飞翔吧，白鹭》、小提琴齐奏《鼓浪屿之波》、歌舞《海峡西岸正春风》、群舞《八闽大歌》、歌舞《相约厦门—相约九八》以及独具闽南风情的戏曲表演、舞龙表演等精彩的节目，赢得了观众阵阵雷鸣般的掌声。

"彩爆金波簇满天，人间颜色皆笑脸"，厦门、金门共同点燃的焰火点亮了海峡的夜空，也点燃了人们火热的激情，天上火树银花、人间沸腾狂欢，厦门国际会展中心大草坪成了一片无尽欢乐的海洋。

在震天的鼓声中，巨型烟花字幕"祝第九届中国国际投资贸易洽谈会圆满成功"流光溢彩地出现在舞台两侧，夜空中"金蛇"狂舞、"百花"争艳，表达着厦门人民对投洽会举办的喜悦心情和万众一心、共创美好未来的心愿。

10多万市民云集厦门国际会展中心东侧大草坪共赏这一人间美景，为美丽的鹭岛迎来第九届中国国际投资贸易洽谈会而欢呼。

同一天晚上，投洽会组委会还分别在白鹭洲宝龙大酒店、马可波罗酒店、厦门宾馆、假日海景酒店、金雁酒店举办了盛大的酒会欢迎与会客商和嘉宾。

一场国际资本的盛宴，再次在美丽的厦门拉开帷幕。海峡西岸宜人的海风和经久的涛声送来衷心的祝福，来自海内外的嘉宾举起盛满欢乐的酒杯。

同时，第九届中国国际投资贸易洽谈会在厦门国际会展中心五楼多功能厅举行盛大开幕晚宴。

当晚的会展中心高朋满座，国家有关部委，全国各省、自治区、直辖市的领导，数百名来自不同国家、不同肤色的朋友在这里欢聚，为即将开幕的第九届中国国际投资贸易洽谈会、亚欧会议贸易投资博览会举杯祝贺。

开幕晚宴的主桌拼成了一个巨大的"九八金钥匙"的造型，在嘉宾身边穿梭的是惠安女打扮的服务员，整个晚宴伴随着悠扬的民乐，有着一股古朴的闽南风情。

本届投洽会组委会主任、福建省省长黄小晶代表福建省委、省政府向莅会嘉宾表示热烈欢迎。他在致辞中说，本届投洽会与往届相比，亮点更多、层次更高、功能更全、实效更强。来自各省、市、自治区和90多个国家、地区的350多个团组，约5万多人参加这次盛会，充分显示了投洽会的巨大吸引力和国际影响力。

国务院国有资产监督管理委员会主任李荣融、福建省委书记、省人大常委会主任卢展工及国家有关部门、各省、市、自治区领导也出席了开幕晚宴。开幕晚宴由本届投洽会副主任、宁夏回族自治区副主席张来武主持。

商务部投资促进事务局局长刘亚军在投洽会新闻发布会上说，国际化是第九届中国国际投资贸易洽谈会最为突出的亮点。

2005年的投洽会由"中国投资贸易洽谈会"更名为"中国国际投资贸易洽谈会"，首次变为"第三方"的多向投资搭建平台，各国可以在投洽会期间与中国以外的第三国或地区签订投资协议。

投洽会期间，还同期举办亚欧会议贸易投资博览会、亚太经济合作组织知识产权高级研讨会、海峡两岸旅游投资博览会，受到海内外客商的热切关注。

第九届投洽会名优商品展销会作为本届投洽会的第一个重要配套活动，于9月6日10时20分在SM城市广场一楼隆重举行开幕式。

9月6日至11日在厦门SM城市广场五楼，名优商品展向参加"九八"的国内外客商展示福建省以及台湾地区的部分名优商品。另外，广东、越南、巴基斯坦的一些企业也报名参展。

本届展销会共有100多家来自福建、台湾、广东、越南、巴基斯坦的企业参展，展示规模200个展位，参展商品包括食品饮料、纺织服装、轻工工艺品、电子电器等。柯达、青岛啤酒、银鹭集团、古龙集团、明达塑胶等一大批国际著名品牌和国内知名品牌，以及荣获福建省、厦门市名优称号的企业的参展，使得本届展销会具有很高的档次和水平。台湾、金门特色商品展销专区和境外特色商品更为展销会锦上添花。

另外，为配合展销会的开幕，SM城市广场五楼有40多家专卖店和大型美食广场同时开业。

为了方便"九八"投洽会期间客商参加名优商品展，组委会还在会展中心开通免费专车路线，客商凭"九八"的有效证件就可以上车，半小时一班车。

9月11日下午，为期4天的第九届中国国际投资贸易洽谈会、亚欧会议贸易投资博览会在厦门国际会展中心胜利降下帷幕。

本届投洽会取得的丰硕成果以及所展现的精彩亮点

和巨大魅力，标志着这一跨国性的投资贸易合作交流盛会，已朝着国际化的层次，坚实地迈出关键性的步伐，凸显勃勃生机。

本次盛会的举办得到了党中央、国务院领导的亲切关怀和热情鼓励。中共中央政治局委员、国务院副总理曾培炎亲临大会启动金钥匙为大会开馆，并在"国际投资论坛"午餐会上发表了主旨演讲。

本届投洽会共吸引了125个国家和地区的1.2万名境外各界人士参会，共有90个国家和地区的350个境外机构组团参会，其中政府机构代表团105个，商协会代表团79个，国际组织及友城代表团24个，世界500强及全球知名企业代表团128个，其他境外团组14个。

大会期间投资和贸易洽谈活跃，并取得了丰硕的成果。据统计，各成员单位在签约中心共签订各类投资项目1411个，总投资金额268.5亿美元，利用外资222.75亿美元，其中合同项目1053个，总投资金额147.34亿美元，利用外资122.43亿美元。进出口贸易成交1.25亿美元。

商务部投资促进事务局局长、组委会副秘书长刘亚军说，2005年投洽会结束后，将请国外会展专家对其做专门"会诊"，为下一年的第十届投洽会做好准备。

刘亚军表示，2006年的投洽会将在"国际性"上下更大工夫，并改进当时的不足之处。

隆重举行投洽会10年庆典

海西潮涌，白鹭欢歌。投洽会主会场，厦门国际会展中心广场彩旗飘扬，花团锦簇，处处洋溢着喜庆的节日气氛。来自全球五大洲的嘉宾再次相聚在熠熠生辉的"九八金钥匙"下，共创商机、共谋发展，"投资、合作、发展、共享"的主旋律在美丽的鹭岛上空再次奏响。

2006年9月8日8时30分，在欢乐的迎宾曲中，中央、省、市各级领导及来自全球的嘉宾陆续步入会场。

十年春华结秋实，万商云集铸辉煌。随着第十届中国国际投资贸易洽谈会在厦门国际会展中心隆重开幕，与中国改革开放一起"脉动"的投洽会迎来了10年华诞。

8时57分，各国国旗陈列在红色的巨幅背景板前面。乐队的"欢迎进行曲"已经奏响。第十届投洽会开馆式拉开序幕。

在第十届投洽会宽敞明亮的会展大厅中，鲜艳的中国红和璀璨的金色构成一派喜庆气象，顶部悬挂着10个金色的大球，分别标志着1997年至2006年十届投洽会的丰硕成果，大厅后上方的九幅大型张贴画，则生动地展示了前九届开馆的盛况。

会展中心原来400平方米的中央展台，已经扩大为

600平方米，显得格外醒目，多出来的面积为的是给10周岁的投洽会过生日。这个生日舞台，就是新增加的突显10年特色的投洽会10周年回顾展厅。

10周年回顾展厅采用地球造型，内设有9个互动按键，当按钮按动时，10年来的投洽会的客商数和项目数都将在水银柱上显示。寓意"九八"已成为世界投资促进和贸易合作的大平台，以"走出去"和"引进来"为方针，不断加强和促进与世界交流合作，从而推动经济全球化的发展。

中共中央政治局委员、国务院副总理吴仪出席了投洽会开馆式。出席开馆式的其他嘉宾还有全国政协副主席罗豪才，世界贸易组织总干事拉米等。商务部副部长马秀红主持开馆仪式。

本年会展中心广场仍然是使用以"成长"为主题的造型。整个造型占地200平方米、高12米，由三条红色弧形飘带组成，造型中央两个半圆环环相扣，托出中间的扇形，并将"九八金钥匙"于顶部托起，造型的另一侧是数字"10"，"0"很有创意地以地球表示，体现出投洽会的全球性，整体显得十分大气。

这组造型象征着投洽会越办越红火，一年更比一年好，并终将腾飞，成为国际投资促进领域一道亮丽的风景线。

在开幕式上，商务部副部长马秀红致辞说，经过10年努力，投洽会已扩展为吸引外商投资和积极促进中国企业到海外投资的大型国际双向投资促进活动,并成为国际上具有影响力且时效性最强的国际双向投资平台。

两位在1997年9月8日,也就是第一届投洽会举办当天出生的儿童向吴仪副总理献花,并送上第一届开馆式上使用的金钥匙。9时8分,中共中央政治局委员、国务院副总理吴仪举起金钥匙启动按钮。

现场顿时礼炮轰鸣、彩带飘飞、鼓乐齐奏,嘉宾齐声欢呼,掌声阵阵,"辉煌十年"巨幅腾空而降,第十届中国国际投资贸易洽谈会在厦门国际会展中心正式拉开序幕!商务部马秀红副部长宣布开馆式结束,邀请嘉宾参观展馆。

开馆式在一片欢歌笑语中结束,出席开幕式的领导嘉宾,步入展馆参观。

本次投洽会的主题是"投资、合作、发展、共享"。中央、省、市各级领导、境内外嘉宾、投洽会组委会各工作机构工作人员,以及新闻媒体记者共6000人参加了开馆仪式。

十年磨一剑,第十届投洽会国际性更加突显,成就更加令人瞩目,随着金钥匙的开启,一场世界与中国的资本盛会开始上演。

第十届中国国际投资贸易洽谈会由商务部主办,联合国贸发会议、联合国工发组织、经济合作与发展组织、世界银行国际金融公司、世界投资促进机构协会五大国际组织以及中国国际投资促进会参与协办。

本届投洽会共吸引了来自全球46个国家和地区的政府和投资促进机构，80个国家和地区的393个境外客商团组参会。14个国家在投洽会期间举办政策、环境研讨会和推介会，3个国家和地区举办馆日活动。

中国及其他56个国家和地区的投资促进机构和引资机构推出了近3万个引资项目。投洽会作为全球权威的投资政策研讨、信息发布的平台作用已经日臻成熟。

本届展览洽谈面积共5万多平方米，规划1500个国际标准展位，设省市自治区馆、境外馆、投资服务暨品牌企业馆和旅游招商馆。

从会展中心正大门进入的C展区首先映入眼帘的是投洽会的门户展馆，在这个展馆大家能回顾前9届的"九八"投洽会，以及"九八"的每一步成长。

从投洽会门户展馆径直穿过，再进去就是展位规模在整个展馆内能排上第一的投资促进署了，它的展区里面还包含了委内瑞拉等国，由于展位空间跨度大，显得格外引人注目。

而投洽会展馆的隔壁便是澳门展馆了，它的位置能让每个进入展馆的人马上看到它，确实是占了好地利。

说到养眼，还要数香港展馆，展位虽不大，但整个造型以黄色为主色调，布置的时尚而明快，从一片红红绿绿中跳了出来，眼球效应便立马显现。

香港、瑞典和加拿大在8日陆续举行开馆日，这是纪念他们在"九八"投洽会上开启成功和财富的象征。

来自 105 个国家和地区的 8600 多位境外客商、境内外 389 家媒体的 1386 名记者都来了。

本届投洽会举办了以"推动投资与贸易便利化、促进世界经济共同繁荣"为主题的"国际投资论坛"。

商务部围绕当时投资热点问题举办 30 场系列研讨活动，组委会与其他境内外相关机构举办了 47 场论坛研讨活动，其中美国、加拿大、法国、保加利亚、波兰、菲律宾、瑞典、泰国、德国等 15 个国家举办投资环境说明会。

"九八"投洽会举世瞩目，因为它已成为全球投资信息发布权威平台。其中，由商务部主办的国际投资论坛，由于全球高层人士聚首演讲而成为焦点，本年论坛的主题是"推动投资与贸易便利化、促进世界经济共同繁荣"。

"中国将会创造条件，成为跨国公司服务外包这一高端行业的承接点。这将是中国吸引外资的新领域。"吴仪说。

"中国不仅是外国直接投资的主要接受国，而且还是资本输出大国。"联合国工业发展组织总干事坎德·云盖拉表示。

由商务部和国台办联合主办的"两岸经贸合作与发展论坛"，以"两岸服务业合作、两岸贸易促进、两岸农业合作"为主题，邀请国务院领导、台湾高层、两岸服务业、农业、贸易问题的专家学者和产业界人士参加，围绕两岸服务业合作、两岸贸易促进、农业合作及 15 项惠台措施等热点问题展开研讨。

投资项目对接会一直受到境内外投资商的高度关注。当年组委会更加注重项目对接实效,增加了对接场次,增设了基金、上市公司、台资企业、品牌连锁加盟等对接专场,同时继续举办投资商投资计划说明会和第三国和地区投资项目对接会。境内外投资商反映强烈,参加踊跃。经过组委会投资洽谈撮合系统的初步撮合,对接洽谈已超过 5000 场次。

十年回眸,十年精彩。1997 年 1 月 15 日,经中华人民共和国对外贸易经济合作部批准,连续在福建厦门举办 10 届的福建投资贸易洽谈会升格为中国投资贸易洽谈会。

投洽会从第五届开始力推并形成了"以全球投资促进为主线,以'引进来'和'走出去'为主题,以展览展示、项目洽谈、论坛研讨为内容,以突出全国性和国际性,突出投资洽谈和投资政策宣传,突出国家区域经济协调发展,突出对台经贸交流"的显著特色。

2005 年,永不停息迈向国际投资博览会的投洽会,经批准再次升格中国国际投资贸易洽谈会,并正式加入全球展览业协会。

10 年来,先后有 80 多个国家和地区的投资促进机构、企业派员参展,144 个国家和地区的 2000 多个政府机构、工商社团、跨国公司,近 10 万境外客商参会洽谈。1.2万个项目签约，600多亿美元从投洽会进入中国市场，2000多家中国企业先后参加了境外机构组织的投资促进活动，一大批中国企业从投洽会走向世界。

此外，扮演投洽会"灵魂"和"旗帜"的国际投资论坛正在全球释放巨大影响力。10年来，投洽会共吸引了1800多位政府要员、商界精英、专家学者在国际投资论坛等300多场论坛、研讨会上发表演讲。

9月11日，历时4天的第十届投洽会圆满闭幕。本届投洽会共签订各类投资项目1068个，总投资金额216.56亿美元，利用外资150.76亿美元。其中，合同项目752个，总投资金额91.37亿美元，利用外资76.17亿美元，千万美元以上的合同项目249个。

本届投洽会共吸引了113个国家和地区的1.3万名境外各界人士参会，共有80个国家和地区的383个境外机构组团参会，其中政府机构代表团110个，商协会代表团101个，国际组织9个，友城代表团11个，世界500强及全球知名企业代表团149个，其他境外团组3个。

出席大会的境外客商层次也进一步提高，副部级以上政府官员43名，跨国公司和知名企业高管730人，商协会负责人450人。

投洽会期间举办了国际投资论坛、两岸经贸合作与发展论坛、海峡西岸经济区论坛等79场高水平的论坛和研讨会，先后有来自47个国家和地区的325名嘉宾莅会演讲，听众逾万人次。当年新增的"投资基金对接会"

吸引了著名的霸菱投资基金、普凯投资基金、香港红杉资本等33家国内外知名投资基金参会，共达成投资意向3亿美元。

本届投洽会还受到了台湾地区各界人士的积极响应，台湾参会客商数达3967人，居境外客商数首位，共有82个台湾工商团体参会。各境外参展单位不仅展示了地区投资环境、项目和商品，瑞典、加拿大、香港等国家和地区还举办了隆重的馆日活动。

此次参会客商数前十名的国家和地区是：中国台湾、中国香港、美国、新加坡、日本、加拿大、韩国、英国、法国、德国。举行境外投资说明会的有美国、加拿大、法国、英国伦敦等近30个国家和地区，发达国家首次超过发展中国家。

这一年的投资项目对接会，首次举办"台资企业项目对接洽谈专区"，吸引了40多家有意投资祖国大陆的台资企业进场洽谈，大会还设立了专门的台资企业展区，为台资企业集体展示开辟一个专门的空间。

本书主要参考资料

《第三届中国投资贸易洽谈会侧记》戴岚 郅振璞编
　《人民日报》
《投洽会经历"三级跳"》帅斌彬编《海峡都市报》
《当年的"9·8"借地毯迎客人》林海峰编《海峡
　都市报》
《福建改革开放最具影响力事件》何祖谋编《福建日
　报》
《坚持开放办会是成功的保证》黄世宏编《福建日
　报》
《厦门：投洽会带富一方人》康金龙编《东南早报》
《小渔港成了大厦门》夏清晨编《中国文化报》
《金钥匙诞生记》庄研 王永珍编《国际商报》
《金钥匙身价超百亿》吴语 吴晓平编《海峡导报》
《经典"9·8"》庄研 王永珍 林世雄编《福建日
　报》